Couvertures supérieure et inférieure
en couleur

COLLECTION NOUVELLE A DEUX FRANCS

CORBIN

ET

D'AUPECOURT

PAR

LOUIS VEUILLOT

Nouvelle édition, revue et corrigée

PARIS

SOCIÉTÉ GÉNÉRALE DE LIBRAIRIE CATHOLIQUE

VICTOR PALMÉ, DIRECTEUR GÉNÉRAL

76, rue des Saints-Pères, 76

BRUXELLES	GENÈVE
SOCIÉTÉ BELGE DE LIBRAIRIE	HENRI TREMBLEY
12, rue des Paroissiens, 12	4, rue Corraterie, 4

1886

MÊME LIBRAIRIE

ŒUVRES DE LOUIS VEUILLOT

Le Mans. — Typ. Ed. Monnoyer.

CORBIN

ET

D'AUBECOURT

a

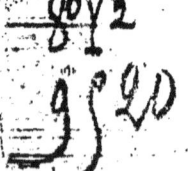

TYPOGRAPHIE

EDMOND MONNOYER

AU MANS (Sarthe)

A LA DOUCE MÉMOIRE

DE

THÉODORE

Vte DE BUSSIERRE

CORBIN

ET

D'AUBECOURT

PAR

M. LOUIS VEUILLOT

Nouvelle édition, revue et corrigée

PARIS

SOCIÉTÉ GÉNÉRALE DE LIBRAIRIE CATHOLIQUE

VICTOR PALMÉ, DIRECTEUR GÉNÉRAL

76, rue des Saints-Pères, 76

BRUXELLES
SOCIÉTÉ BELGE DE LIBRAIRIE
12, rue des Paroissiens, 12

GENÈVE
HENRI TREMBLEY
4, rue Corraterie, 4

1886

Il y a longues années, je me trouvais à la campagne avec quelques amis, dans un coin charmant de l'Alsace, au moment le plus fleuri de la belle saison, chez un homme qui nous offrait à tous la plus aimable hospitalité. On le nommait Théodore de Bussierre. Il avait l'âme pieuse, le cœur très-doux, l'intelligence vive et ornée ; il était heureux. Après d'assez dures traverses, solidement établi sur sa terre, sans ambition, sans ennemis,

cher à quiconque l'approchait, il s'occupait
uniquement de faire du bien. Il écrivait des
livres auxquels il souhaitait plutôt d'être
utiles qu'applaudis ; il visitait les pauvres,
consolait les affligés, soignait les malades,
rendait à Dieu et aux hommes ce qu'il leur
devait. Sa vertu, aussi humble qu'active, dis-
simulait ses côtés austères, et son esprit sage
et brillant étincelait de bonne gaieté comme
son âme juste surabondait de bonne joie.

Ses hôtes se laissaient aisément amener
à son humeur. Ils étaient jeunes, les uns
dans une situation faite, les autres sachant
leur chemin et le voulant suivre. Nul grave
souci privé ne troublait aucun d'entre eux,
et il n'existait pas en ce temps-là de grave
souci public. On eut quelques moments,
sous Louis-Philippe, où pourvu qu'on n'y

regardât pas de trop près, il sembla que la
société pouvait se rasseoir. Pour ma part,
j'étais dans une verve de foi qui s'étendait
jusqu'aux hommes. Je croyais à leur sincé-
rité générale ; je me persuadais qu'ils cher-
chaient tous la vérité, et qu'ils n'étaient
divisés que par des malentendus où la discussion porterait enfin la lumière. Des
fatigues qui attendent la vie, une seule
encore m'avait effleuré, la fatigue physique ;
mais je la comptais presque comme plaisir.
J'avais travaillé, je me reposais, et en me
reposant, je rêvais de travailler davantage.
J'étais comme un ouvrier de ville qui a pu
sortir et se coucher à l'ombre sur l'herbe,
et qui voit toute sa journée devant lui. Je
jouissais de mon repos, je remerciais Dieu
de me l'avoir donné si agréable et si parfait.

b

Véritablement, j'avais sujet de remercier
Théodore de Bussierre et les autres, et nos
communes sympathies étaient autant de
dons de la foi. Nous nous étions rencontrés
dans l'Église. Partout ailleurs nous ne nous
serions point reconnus, et cette douce
amitié n'eût pu se faire entre nous. Or
l'Église, à l'origine, n'était point sur nos
voies. Il avait fallu que Dieu nous prît par
la main et nous conduisît les uns et les
autres, à travers tant de sentiers mêlés,
jusqu'à ce point de rencontre. J'ouvrais les
yeux sur ces belles trames que la Providence fait avec la vie humaine, nous ména-
geant de loin, avec une tendresse si sage,
le soleil et l'ombre, l'œuvre et le repos;
fixant partout notre chemin, nous laissant
partout la liberté de choisir, se réservant

toujours le droit miséricordieux de nous ramener quand nous nous égarons. Je considérais cette merveille, et j'éprouvais un continuel ravissement d'admiration et d'amour. Je voyais combien d'arbres Dieu avait plantés, combien de fontaines il avait fait couler, combien de maisons il avait bâties afin que rien ne me manquât sur la terre, et que, dégagé des entraves de la richesse, j'eusse néanmoins le nécessaire et le superflu. Sa justice me devait des phares et les avait prodigués ; mais parce que je m'étais laissé un jour diriger par les phares, j'avais rencontré des oasis et des palais.

Dans l'oasis de Reichshoffen, autour de cet aimable Théodore, rien de dissonant, rien de sombre. L'homme, la demeure, le pays, tout allait de pair, avec une harmonie exquise. De grands arbres, de vastes prairies, des vallons, des collines, des eaux transparentes, des ruines couronnées de vie ; je ne sais quelle allégresse des choses qui semblait naître de l'allégresse des cœurs et qui, à son tour, la ravivait constamment. Il ne survenait aucun contre-temps, il ne pleuvait pas. S'il tombait parfois une ondée, c'est que le paysage changeait de parure et « mettait ses perles. » Ainsi tout souriait, même la pluie, et tout chantait, les oiseaux dans le jardin, les fleurs dans les herbes, les légendes dans les ruines, les enfants dans la maison, la paix dans les âmes. Et la pluie de perles était aussi une chanson qui n'interrompait point les autres chansons.

Quelle maison ! Spacieuse, grave, magnifique ; palais et ermitage. On y trouvait des

tableaux, des collections, de beaux et bons
vieux livres. La douceur du travail y était
facile comme la douceur du repos. Mais le
grand charme, c'était la causerie. L'on causait de tout, à perte de vue, non à perte
d'haleine. Notre bonne fortune avait voulu
que nous fussions tous assez causeurs, et
cependant qu'il n'y eût point d'orateurs
parmi nous. Quelquefois la causerie devenait
conversation, jamais discours. Bussierre, qui
savait mille histoires, et qui n'était jamais
embarrassé d'inventer la mille et unième,
s'indignait plaisamment lorsqu'on le laissait
parler plus de dix minutes sans l'interrompre. Il n'avait pas souvent besoin de nous
rappeler ce règlement, car ses fusées en allu-
maient toujours quelques autres. Rarement,
néanmoins, tout le monde parlait à la fois.

b

C'est d'une de ces conversations qu'est né ce petit ouvrage.

On avait agité le pour et le contre sur les romans, et je m'étais prononcé en faveur de ce genre de littérature. J'avais au moins soutenu qu'il n'était nullement antipathique aux règles strictes de la morale et du bon sens, et que l'on pouvait intéresser et émouvoir même un lecteur français, sans aborder l'étrange, sans outrer les sentiments, en un mot, sans sortir de la vie commune ni de ses devoirs, et rien qu'en faisant tout marcher par les seuls battements du cœur le plus droit et le plus ingénu. Un peu poussé, j'avais ajouté qu'un auteur qui aurait seulement la fierté de borner son public, renfermerait l'aventure dans un salon, le drame dans un personnage, le personnage dans un monologue, et que ce serait assez pour dérouler une page émouvante du cœur humain. Madame de Bussierre me dit en riant qu'elle voudrait voir ce roman-là. Je répondis qu'elle le verrait si elle voulait en accepter la dédicace, et me voilà engagé.

L'engagement ne me pesait point. Je tenais mon sujet. C'était une des mille histoires de Bussierre, et je n'avais qu'à trouver les détails. Rien ne me semblait plus aisé. La situation toute seule, indiquée à l'imagination, produisait le drame, comme une graine déposée dans la terre produit la plante qu'elle contient.

En effet, dès le lendemain, je pus non pas lire mon roman, rien n'était écrit, mais le raconter à peu près. On jugea qu'il pourrait ne pas ennuyer, pourvu qu'il fût court, et l'on me conseilla de l'écrire. Seulement, les vacances finissaient.

Je l'écrivis néanmoins, plus tard. Le cher souvenir de Reichshoffen le préserva du sort peu regretté d'un certain nombre d'autres, dont j'avais alors la tête garnie, et qui sont morts avant de naître, étouffés par les soucis de la vie militante. Car si j'ai soutenu tant de polémiques, ce fut bien par ma volonté, mais mon goût me portait ailleurs. J'ai été journaliste comme le laboureur est soldat, uniquement parce que l'invasion l'empêche de rester à cultiver ses champs. Je ne tenais ni à recevoir ni à porter des coups, et les joies de ma carrière ne sont pas d'avoir été mis à l'ordre du jour pour quelque fait d'armes plus ou moins heureux, mais d'avoir vu parfois une pauvre

petite fleur éclore dans mon courtil dé-
laissé.

En relisant ce conte, vieux d'un quart
de siècle, j'y ai retrouvé je ne sais quel
souffle qui, pour moi du moins, ranime ce
printemps, ces sourires, ces sérénités et
jusqu'à ces « pluies de perles » dont les
vacances de Reichshoffen devaient recevoir
une parure aussi durable que mes jours.
Hélas ! que vingt-cinq années emportent de
choses ; que de fleurs périssent, que d'arbres succombent ! Bussierre est mort, et
longtemps avant qu'il mourût, sa main
pieuse avait enseveli le plus saignant lam-
beau de mon cœur qui soit tombé sur les
chemins d'ici-bas. Là où j'avais trouvé tant
de joie, là j'ai rencontré le glaive qui fait
d'inguérissables blessures ; là où j'avais

savouré des journées si douces, là même, quelques années après, s'est subitement éteinte une aurore qui était le tendre et charmant espoir de ma vie déjà entamée. Là, dans le ciel riant encore jusqu'à cette heure soudaine, je commençai à ne plus voir que les astres de la nuit, et je n'eus plus de fleurs à cueillir en ce monde que pour les jeter sur des tombeaux.

Cher Théodore ! je sais que nous n'avons que des larmes d'un moment. Il est une Maison éternelle où la paix, le soleil et l'amour ne finissent pas. Vous habitez maintenant cette demeure du Père ; les anges de ma vie vous y ont chanté la bienvenue, et vos prières s'unissent aux leurs pour m'en ouvrir l'entrée. Ainsi, ami, vous m'êtes secourable encore, et moi, je vous

suis reconnaissant d'hier et d'aujourd'hui.
Je veux vous donner cette marque de mon
affection, toujours vivante comme la vôtre.
Puisque ce petit ouvrage, né de vos entretiens, n'a point péri, je le dépose sur votre
tombe, comme jadis, sur le cercueil de ma
fille, vous avez effeuillé les roses blanches
de vos jardins,

Et que de ces pages monte vers Dieu le
même parfum de charité qui monta de vos
fleurs !

Mai 1869.

CORBIN

ET

D'AUBECOURT

I

Vous voilà donc mariée, chère Élise ; mariée
selon votre goût, selon votre raison, selon votre
cœur ; contente de ce que vous avez fait, heureuse,
tranquille... Tranquille ! Ah ! je bénis Dieu, je le
trouve juste, je le remercie de vous avoir donné
ce bien charmant, la paix dans le bonheur ! Ainsi
vous êtes la digne femme de l'homme excellent
que vous aviez choisi, la maîtresse d'un bon cœur

1

auquel obéit le vôtre, la souveraine d'un empire entre cour et jardin. Et il y a de l'herbe dans cette cour vénérable, et une prairie sous vos fenêtres, et au bout de la prairie un bouquet de bois; et derrière le bouquet de bois, le soleil se couche pour le plaisir de vos yeux... Je vois cela. Je vois mon Élise et son grave mari admirant ensemble, elle joyeuse, lui content, ce calme horizon, semblable à leur calme destinée. C'est un tableau que j'avais dans la tête, vous le savez, avant qu'il fût sur la toile. Je vois très-bien, je vous assure, et j'entends aussi. Ces deux voix, ces deux cœurs, ces deux âmes pures qui rendent en commun mille actions de grâces à la bonne mère Providence, je les entends. Quoi ! elles me bénissent ; elles disent que je ne suis pas étrangère au bel ouvrage de leur félicité ? Il est sûr que je l'ai désiré passionnément, et je ne ferai pas la discrète. Oui, ravie de votre bonheur, je suis fière d'y avoir un peu contribué. J'aime à vous l'entendre dire, et rien ne m'étonne moins. Toujours j'avais prévu, chère Élise, ma sœur, que vous seriez heureuse, parce que vous seriez fidèle à votre cœur parfait. Je savais aussi que, continuant d'être bonne, vous continueriez de m'aimer. Cependant ces détails de votre triomphe et ces assurances de votre amitié me ravissent d'une joie nouvelle. A Paris, voyez-vous, l'on ne s'aime point. Ce ne sont pas les amies qui manquent, ni les caresses, ni 'les confidences ; mais l'amitié. L'amitié était au couvent, elle est présentement en province. Je crois bien qu'elle pourrait habiter Paris ; mais il ne semble pas qu'elle y puisse naître.

Maintenant, que répondrai-je à cette questionneuse, qui veut que je lui parle de moi ? Je vous ai peint la joie que je reçois de vous, je vous ai tout dit. Je suis dans le boudoir où m'avez vue, mais vous n'y êtes pas. Le soleil vient encore jouer sur mes rideaux ; les beaux tilleuls du jardin ont tout leur feuillage, ils auront toutes leurs fleurs ; mes meubles sont toujours charmants, mes robes sont toujours élégantes ; mon châle de l'an passé, qui vous plaisait tant, est remplacé par un autre qui arrive, pour me rendre encore plus digne d'envie ; enfin, je suis très-heureuse… Pourquoi vous tairais-je que je voudrais parfois l'être un peu moins? Ne me blâmez pas : je ne suis ni mélancolique ni ennuyée, ni, je l'espère, lâche envers mon cœur. Oh! oui, j'irais volontiers aux chimères ! Mais le rude pasteur que vous connaissez veille toujours, et ne laisse point sa brebis s'égarer vers ces dangereux pâturages. Mes lectures, mes méditations sont robustes. Il n'y a qu'une brèche par où l'inquiétude entre quelquefois. Vous connaissez ma bonne tante, et vous savez combien elle aime le monde : elle le va chercher, elle m'y entraîne, et le fait venir chez elle par torrents. C'est toujours la même personne : même tendresse et même imagination ; les ans viennent et n'y font rien. Elle est plus éprise que jamais de l'éclat des noms, de la gloire des titres. C'est là notre grand désaccord, dont j'ai soin de ne lui rien laisser voir. Elle veut que je sois sans cesse la nièce et l'héritière de Mme la marquise d'Aubecourt, et je reste invinciblement la pauvre Stéphanie Corbin.

Or ce qui tourmente Stéphanie Corbin, c'est que la nièce et l'héritière de Mme la marquise d'Aubecourt est singulièrement recherchée et poursuivie des épouseurs. Ma tante s'en amuse ; moi, je songe à la fin, et je suis loin d'y prendre le même plaisir.

Voyez la situation. Il faut premièrement que l'on convienne à ma tante ; mon mari sera son fils comme je suis sa fille. Elle ne veut pas me donner un époux qui me déplaise, mais elle ne veut pas non plus, et cela est légitime, se donner un commensal qui ne lui plaise point. Rien ne m'effrayerait, si ce que je désire ressemblait un peu plus à ce qu'elle exige. Malheureusement ce n'est pas là que nous en sommes ; et lorsqu'il se présentera quelqu'un à son gré, comment m'arrangerai-je, moi, pour qu'il ne soit pas au mien ? A tout moment je crains de voir commencer une lutte dont la pensée me désole, et dont le résultat, que ma faiblesse me fait assez prévoir, m'épouvante. Je me vois mariée, par lassitude et pour la satisfaction de ma tante, à quelque gentilhomme bien situé, de bonne tenue, de bonnes manières, assorti enfin de toutes les qualités que tout le monde demande,

et qui aura celles que je souhaite à mon mari...
si le hasard le veut ! Je regarde, autour de moi,
ces messieurs que ma tante examine. En voyant
ce concours, je me persuade, toute vanité per-
sonnelle à part, considérant combien l'hôtel de
ma tante est beau, combien sa terre de Touraine
est grasse, combien sa terre de Bretagne est
étendue, combien son vignoble de Bourgogne
est riche, je me persuade que Stéphanie Corbin
est un parti de conséquence... Et il me vient des
idées, qui certainement ne sont pas celles de la
marquise d'Aubecourt, sur l'usage que je pourrais faire de ce trésor que je suis.

Je voudrais le donner à quelqu'un que je ne
connais pas, qui mériterait le cœur de Stéphanie
Corbin par son cœur, et l'héritage de Mme d'Aubecourt par les œuvres auxquelles il l'em-
ploierait.

Faute de ce quelqu'un, c'est probablement le
vicomte Henri de Sauveterre que ma tante me
proposera. Il est jeune, il aura du bien, il est
aimable, spirituel ; tout le monde au moins l'assure. Que dirai-je ? Qu'aurai-je à dire ? Cepen-

dant je crois que notre vieil ami, M. de Tourmagne, s'éloigne un peu, comme moi, de ce sentiment général si favorable à M. de Sauveterre,
M. de Tourmagne me serait fort utile dans une
crise. Il n'y a que lui qui sache se faire écouter
de ma tante sur de certaines questions. Je l'aime
bien ! Je ne connais pas de meilleure âme et d'esprit plus charmant.

II.

8 mai.

Il est vrai, chère Élise, quelques mots de ma dernière lettre étaient inspirés par des pensées que j'ai hésité à vous livrer entièrement, n'osant pas me les avouer à moi-même. Ces pensées-là m'attireront de grands chagrins. J'avais eu fort à faire de les reléguer dans ma tête, à titre de chimères, sans pouvoir les oublier ni leur imposer silence. Un événement inattendu les ramène dans mon cœur, et elles y resteront. Il faut que je vous les révèle, afin que ce cœur ne renferme rien qui vous reste caché. Je pouvais vous taire des songes, des imaginations à demi folles ; mais des sentiments, cela vous appartient. Écoutez-moi donc : voici un grand secret. Préparez toute votre sagesse pour me répondre ; et surtout ne consultez, quant à présent, personne que Dieu.

Je vous demande, mon amie, si vous croyez qu'à vingt ans, telle que vous me connaissez, je sois maîtresse de ma personne ; s'il m'est permis de songer à mon avenir, à mon bonheur ; s'il est légitime enfin, s'il est sage que je fasse quelques efforts pour me marier selon mes goûts, ou, pour parler mieux, selon mes sympathies ?

A cent pas du palais que j'habite, demeure un homme, parfaitement inconnu de ma tante et de tous mes amis, que je rencontre souvent, à qui je ne parle jamais, qui passe près de moi et qui me regarde par hasard, sans me reconnaître ; mais moi, je le reconnais ! Il y a douze ans, toute petite, j'ai vécu de son pain.

J'ai lieu de croire qu'il est tel que je me souviens de l'avoir vu : doux, pieux, plein d'âme ; assez pauvre, très-fier.

1*

Je lui dois certainement la vie, plus peut-
être que la vie. M'est-il permis de chercher à
lui faire du bien, de rêver que je pourrais ne pas
lui déplaire, de souhaiter qu'un jour ma reconnaissance et mon attachement le rendent heureux?

Voilà mon but; comment y arriver? Je ne
sais. Cela me paraît simplement impossible. Cependant, après avoir formé beaucoup de plans
impraticables, je ne suis pas du tout découragée.
Dans la plupart de ces plans, j'ai compté sur
vous. Vous pourrez m'être utile de mille façons
que vous ne prévoyez pas et que je vous explique-
rai par la suite. Vous en aurez le détail au plus
long si, vous étant bien consultée, vous ne voyez,
dans le gros de mon dessein, rien que votre
raison et votre vertu désapprouvent.

M. de Sauveterre finira par m'alarmer. Son
assiduité redouble; décidément il soupire. Ma
tante l'encourage. Elle ne réfléchit pas qu'elle
possède la faveur de Mme la Dauphine, et qu'un de
nos parents, sur qui elle a beaucoup d'influence,
obtient lui-même ce qu'il veut du ministre

favori. M. de Sauveterre est un étourdi charmant, j'en conviens ; et j'accorde qu'il ne songe
qu'aux grâces et qualités qui me distinguent.
Mon Dieu ! il n'aurait pas moins d'empressement
quand je serais simple bergère. Il me l'a fait
entendre ; le moyen d'en douter ? Néanmoins,
j'ai peine à le croire innocent de quelque petit
calcul sur toute cette faveur : et madame sa
mère, qui ne serait nullement fâchée d'être
pairesse en attendant que je le devienne, est
capable en tout cas de calculer pour lui.

C'est la plus haute comtesse que l'on puisse
voir. Elle est Caniac, s'il vous plaît ! Caniac de
Périgord, et non de Limousin, ce qui ne laisse
pas d'éblouir ma tante. Car les Caniac de Limousin ne sont que fils d'Abel, mais les Caniac de
Périgord descendent d'Adam en primogéniture.
Et qui sait même s'ils ne proviennent pas de quelque essai de premier homme antérieur à Adam,
que Moïse aura passé sous silence ? Cet extrême
orgueil de la race accompagne Mme de Sauveterre jusque dans le salon de la marquise
d'Aubecourt. Là pourtant, je la voyais hier s'ef-

forcer, presque obséquieusement, de réparer une maladresse de son fils, dont la fatuité paraissait choquer votre très-humble servante, Stéphanie Corbin, fille d'un pauvre capitaine, petite-fille d'un pauvre avocat, arrière-petite-fille de personne, et pupille, il y a quelques années, de la charité d'un pauvre jeune garçon inconnu. Mais la tante de Stéphanie Corbin est riche et bien en cour. N'est-il pas permis de caresser une *vilaine* dont l'alliance peut jeter l'hermine de la pairie sur l'écu des Sauveterre? Ah ! j'ai mon orgueil aussi, qui se révolte dans ces occasions-là, et plus on veut m'être agréable, plus on me devient odieux. Mes insurrections intérieures ne sont pas médiocrement encouragées par les remarques caustiques de M. de Tourmagne. Il voit le jeu de M^mo de Sauveterre, et ne ménage pas les épigrammes à l'agréable vicomte.

Puisque j'ai prononcé le nom de M. de Tourmagne, et qu'il n'est pas moins votre ami que le mien, il faut que je vous apprenne son bonheur. Il vient d'être reçu, à *l'unanimité* (remarquez bien ceci), membre de l'Académie des ins-

criptions. C'est une société très-considérée de
savants hommes, qui s'occupent entre eux de lire
ce qui fut écrit, en caractères effacés, dans une
langue inconnue, sur les monuments détruits
des peuples qui ont cessé d'être. Tout ce qui n'a
pas trois mille ans, M. de Tourmagne le tient si
nouveau, qu'il ne daigne pas le compter comme
ayant vie. C'est pourquoi sans doute il songe si
peu à sa noblesse, égale cependant, par l'antiquité, à celle des Caniac de Périgord.

III.

Puisque votre amitié m'en croit sur parole et ne veut rien blâmer dans ces grands projets dont elle s'effraye un peu, je vais, chère Élise, vous conter mon aventure. Mais il faut que je vous fasse d'abord l'histoire de ma vie. Jusqu'au jour où nous devînmes compagnes et sœurs chez nos bien-aimées Visitandines, cette vie fut mêlée d'événements, de misères et de tragédies plus étranges encore que vous ne l'imaginez.

Vous me permettrez de remonter un peu haut,

car le nœud de ma destinée fut formé dans le
sang et dans les larmes, bien avant que j'eusse
vu le jour.

Vers la fin de la Terreur, maître Raymond
Corbin, mon grand-père, ci-devant avocat au
Parlement de Poitou, accusé d'avoir caché des
nobles et des prêtres, fut, dans l'espace de deux
jours, arrêté, traduit au tribunal révolutionnaire
de Laval, et condamné à mort. Il laissait sans
appui sa femme avancée en âge, sa fille bonne
à marier, et son second fils, garçon de vingt ans,
qu'il avait le chagrin de voir tourner un peu aux
idées nouvelles. Déjà il pleurait un fils aîné,
homme de grand cœur, parti aux armées depuis
trois ans, et que l'on croyait prisonnier. Mais sa
plus grande douleur était de ne pouvoir se con-
fesser avant de mourir. Plein de confiance en
Dieu, il essayait de suppléer au sacrement par la
contrition la plus humble et la plus vive, lorsqu'une sainte fille, nommée Mlle Joyant, qui,
durant les plus mauvais jours, sut forcer les révolutionnaires de Laval à plier devant sa charité,
pénétra près de lui, suivie d'un paysan idiot qu'on

lui permettait d'employer pour distribuer aux
détenus les aliments qu'elle apportait du dehors.
M. Corbin apprit que sa femme venait d'être
emprisonnée, que son fils avait été contraint de
partir avec une expédition dirigée contre les
Vendéens, et que sa fille Valentine était dans un
asile sûr. Mlle Joyant ajouta qu'il devait se préparer à mourir le lendemain ; et enfin, lui mon-
trant son compagnon, elle lui révéla que ce pré-
tendu paysan était un prêtre. M. Corbin se
confessa, remerciant celui qui voulait bien
rendre les consolations égales aux douleurs. Il
chargea ensuite Mlle Joyant de faire savoir à ses
enfants, pour tout adieu, qu'il les bénissait.
« Quant à ma chère femme, ajouta-t-il, je ne
vous dis rien pour elle ; je la connais, je sais
comment elle accueillera la mort. » Cette scène
avait duré quelques minutes au plus : les geôliers
comptaient les moments. La sainte fille sortit,
versant des larmes que les bourreaux s'étonnaient
de n'avoir pu épuiser, et le prêtre, impassible,
reparut à côté d'elle avec la contenance qui lui
permettait de se dévouer à un travail plus dou-

loureux que le martyre. M. Corbin ne fut exé-
cuté qu'au bout de trois jours. Il connut la raison
de ce retard lorsqu'il vit sa femme sur la char-
rette qui devait le conduire à l'échafaud. On
avait calculé que la mort leur serait ainsi plus
cruelle à tous deux. Au contraire ils y trouvèrent
une suprême consolation, car ils s'étaient toujours tendrement aimés. Ils se rappelèrent en
souriant que, dans leur jeunesse, ils avaient
souhaité souvent de mourir le même jour. Ils
moururent à la même heure et au même instant, ayant achevé en commun leur dernière
prière.

Valentine, qui entrait dans sa dix-neuvième
année, et qui était belle et vertueuse, resta sous
la garde de Mlle Joyant ; mais cette vénérable
personne s'attendait sans cesse à être victime de
son audacieuse piété ; elle s'étonnait avec tout le
pays qu'on la laissât vivre, et elle priait Dieu
d'accorder à l'orpheline une protection plus sûre
que celle qu'elle pouvait lui donner. Un soir,
elle vit arriver, déguisé en ouvrier, le jeune marquis Sylvestre d'Aubecourt, l'un des gentils-

hommes naguère cachés et sauvés par maître
Raymond. Il demanda Valentine, et celle-ci ne
fut ni étonnée de son retour, ni lente à deviner
ce qui l'amenait. Elle savait, au fond de son
âme, qu'il était parti plus que reconnaissant.

Le même prêtre à qui, peu de mois auparavant, s'étaient confessés M. et Mme Corbin, con-
damnés à mort, maria leur fille au marquis
d'Aubecourt. Tandis qu'en hâte on dressait l'acte
au fond d'une petite chambre souterraine, où
depuis un an bien des infortunés avaient trouvé
refuge, les agents du tribunal révolutionnaire
faisaient une perquisition dans la maison. Ce
péril passé, les deux époux partirent sous la
garde de Dieu. Leur fuite fut d'abord heureuse;
mais au moment où ils se croyaient presque en
sûreté, ils tombèrent dans un poste de soldats
républicains. On les pressa de questions. Effrayé pour Valentine, le marquis, quoique
fort brave, répondit maladroitement. Un sergent, qui avait habité Laval, déclara que
Valentine était la fille d'un aristocrate. Dans
l'escouade se trouvaient quelques-uns de ces

mauvais sujets qu'on appelait *Marseillais*, et qui étaient la lie abjecte des révolutionnaires. Ils se mirent à crier qu'il fallait d'abord fusiller l'homme, sauf à conduire en prison, le lendemain, la fille de l'aristocrate. Le poste était isolé et ne devait être relevé qu'au jour. Le marquis comprit pourquoi ces misérables voulaient se défaire de lui. Il se tint prêt à frapper lui-même sa femme, d'un poignard qu'il tenait caché. D'autres soldats, par bonheur, prirent en pitié les pauvres captifs ; ils demandèrent qu'on les envoyât à l'officier. Une discussion s'ensuivit, et, pendant qu'elle se prolongeait, l'officier, qu'un honnête garçon était allé avertir, accourut. C'était le frère de Valentine, le second fils de M. Corbin. Vous pouvez imaginer les sentiments et la douleur de ce jeune homme, lorsqu'il reconnut les fugitifs. Ceux-ci, par un instinct merveilleux de leur péril et du sien, ne laissèrent échapper aucun signe de joie à son aspect, s'en remettant à lui du soin de les délivrer. Enclin aux idées nouvelles comme son frère aîné, le second fils de M. Corbin n'en estimait pas moins

le marquis d'Aubecourt, et il chérissait Valentine. L'espoir de soustraire sa sœur au danger
qui la menaçait avait contribué, plus peut-être
qu'autre chose, à le retenir dans le parti de la
Révolution. Sur-le-champ il comprit qu'il pourrait sauver Sylvestre et Valentine, mais qu'il y
perdrait probablement la vie : il s'y résigna. A
cette époque terrible, quel cœur généreux hési-
tait devant la mort ! Feignant de reconnaître le
marquis pour un ouvrier qu'il avait employé
souvent, il lui demanda où il allait et quelle
était cette femme. « Je vais chercher de l'ouvrage
à la manufacture d'armes de Nantes, répondit
le marquis, et cette femme est ma femme. Je
l'ai épousée parce qu'elle était honnête fille et
qu'elle se trouvait sans appui sur la terre. —
Quoi ! s'écria l'officier, dissimulant à peine ses
angoisses, ni père ni mère ? — Son père et sa
mère, reprit le marquis, sont morts, et ses deux
frères servent la République. Mais mon cœur
lui rendra tout ce qu'elle a perdu. — C'est bien,
dit l'officier, viens avec moi : je vous ferai sou-
per, et l'on vous remettra ensuite sur le chemin.

Il les emmena, trouva moyen de leur glisser un peu d'argent, et, sans pouvoir s'entretenir seul avec eux, sans pouvoir les embrasser, parvint à les faire évader. Au dernier moment, il s'approcha de Valentine, et à voix basse, précipitamment, il lui dit ces paroles : « Comment sont-ils morts ? — Sur l'échafaud, répondit Valentine, nous bénissant et priant Dieu. »

Quelques jours après, M. d'Aubecourt et sa femme abordèrent en Angleterre. Ils y restèrent longtemps sans nouvelles. Les premières qu'ils reçurent leur apprirent la mort de leur libérateur. Un de ses soldats, passé depuis à l'armée catholique, leur dit que, dénoncé par son sergent, le lieutenant Corbin avait été fusillé. Il tomba en faisant le signe de la croix, et quelques hommes qui l'aimaient, s'étant approchés aussitôt pour lui donner la sépulture, l'entendirent murmurer encore le nom de Jésus. O miséricorde ! Dieu avait permis que la bénédiction du père ravivât la foi de l'enfant, et que cette pure victime de l'amour fraternel mourût digne de lui.

Je vous ai raconté ces lamentables événements parce qu'ils vous expliqueront, chère Élise, un côté très-important pour moi du caractère de ma tante, cette jeune et tant éprouvée Valentine Corbin, aujourd'hui veuve du marquis d'Aubecourt. Vous comprenez mieux la haine inexprimable, l'horreur sans bornes qu'elle éprouve pour la Révolution, pour les idées de la Révolution, pour les hommes et les choses de la Révolution, enfin pour tout ce qui lui paraît suspect d'être, ou d'avoir été, ou de pouvoir devenir révolutionnaire. Or, quoique parfaitement bonne, droite et admirable dans sa conduite et dans ses affaires, quoique douce au monde et humble devant Dieu, il y a cependant quelque chose en elle, vous ne l'ignorez pas, d'un peu frivole. Son admiration pour la noblesse est égale à son antipathie pour les révolutionnaires ; et cette antipathie, elle l'étend, sans se l'avouer, à tout le *tiers état*. Elle a beau faire : un nom roturier sonne mal à son oreille ; elle est prévenue contre celui qui le porte. Un nom, un titre de noblesse, au contraire, lui représentent tout de suite mille

qualités, mille vertus qu'elle a connues à son
mari, aux parents de son mari, à la plupart des
personnes qu'elle a fréquentées depuis son mariage. Elle oublie que ces vertus brillaient
d'un souverain éclat dans sa propre famille, la
plus roturière du monde. Elle ne sait plus
qu'elle est née Corbin, elle est d'Aubecourt plus
qu'aucun d'Aubecourt qui ait vécu, et j'admire
qu'elle me pardonne d'être fille de mon père.
Aussi a-t-elle été lente à me le pardonner !

IV.

15 mai.

Mon père était ce fils aîné de maître Raymond, parti aux armées tout au premier bruit de la guerre, et qui n'avait plus donné de ses nouvelles, si bien qu'on le croyait mort. Ame généreuse, mais fière et indomptable, ayant, à ce qu'on a cru, essuyé les injustices, peut-être les offenses de certains personnages puissants avant que les troubles éclatassent, il en conçut un ressentiment éternel, et fut dès lors, quoique en silence, révolutionnaire aussi exalté que ma

tante est devenue plus tard exaltée royaliste. Les
cruautés et les scélératesses des bourreaux de la
France excitèrent son horreur sans le faire bron-
cher dans sa haine contre le régime détruit. Il
resta républicain comme ceux de Rome, faisant
en héros son devoir de soldat, et ne désirant que
d'être tué au champ de bataille, martyr d'une
cause déshonorée par les hommes, toujours juste,
selon lui, devant Dieu. La mort même de M. et
de Mme Corbin, qu'il apprit étant prisonnier de
guerre au fond de l'Allemagne, ne l'ébranla
point. Seulement, cette nouvelle, et les détails
que ma tante lui fit parvenir plus tard, le jetèrent
dans un désespoir farouche. Ma tante n'avait
point ménagé ses opinions. Il ne lui répondit
pas, se regarda comme n'ayant plus de famille,
et se sentit plus que jamais fatigué de la vie.

Ce fut alors qu'il connut ma mère. Elle était
fille d'un pauvre professeur, grand philosophe et
homme excellent, qui, partageant les convictions
du prisonnier, l'avait admis à son foyer, dont
cette fille unique faisait l'aimable ornement et le
tranquille bonheur. Mon père était beau comme

1**

son âme, et elle charmante comme sa vertu. Ils s'attachèrent l'un à l'autre. Pour la première fois depuis bien des années, l'austère capitaine vit un rayon de joie illuminer son cœur outré de chagrins. Hélas ! joie amère ! Deux êtres si bons et si grands pouvaient s'aimer plus que la vie, mais non pas plus que le devoir, et chacun d'eux gardait son secret que l'autre avait pénétré. Comment s'unir ! Ce n'était rien qu'ils fussent pauvres : de telles âmes ne pouvaient s'arrêter aux considérations du vulgaire, se sentant assez de trésors à mettre en commun. Il voulait donner l'appui de son courage, et elle les consolations de son dévouement ; mais elle devinait qu'il ne renoncerait point à sa patrie, et lui savait bien qu'elle n'abandonnerait jamais son père. En sorte que leur noble et profond amour semblait ne croître et ne fleurir que pour être immolé. Dans cette douleur, d'un même élan ils se tournèrent vers Dieu. Le vieux savant, par une bénédiction rare en Allemagne à cette époque, était fervent catholique. Sa fille, saintement élevée, vraiment chrétienne, éloquente et enthousiaste, voulut communiquer au prisonnier, pour leur consolation quand le jour de la séparation serait venu, la piété forte qui déjà calmait les orages de son cœur.

Elle réussit. Mon père avait plutôt oublié qu'abjuré la foi de ses premiers ans ; il y revint avec la suprême ardeur des infortunés. Vous savez, chère Élise, combien ceux qui souffrent et qui aiment Dieu l'aiment tendrement. Le bruit courait que la paix allait se conclure et délivrer les prisonniers. Ces tristes cœurs s'attendaient donc à se dire bientôt adieu, lorsqu'un coup de foudre lia leurs destinées. Le bon vieux professeur mourut presque subitement, n'ayant eu que le temps de léguer son âme au ciel et sa fille à son ami. Les deux legs furent acceptés. Le prisonnier épousa l'orpheline ; Dieu reçut en grâce, je l'espère, l'âme éprouvée qui n'avait jamais douté de sa miséricorde. Je naquis une année après, unique rejeton de ces deux sèves si pures, et mon arrivée en ce monde fut la dernière joie pleine et sans mélange que mon père y goûta.

C'était en 1800. Mon père avait quitté l'armée
pour ne pas servir l'ambition de Bonaparte, qui
le désolait autant que les infamies révolutionnaires, et il s'était mis dans l'industrie. Mais la
même probité qui lui avait fait briser son épée
et renoncer à la carrière des emplois, l'exposait à
des périls où son inexpérience succomba. Il était
mal noté près des gens qui gouvernaient ; la
généreuse audace de son langage lui attira des
persécutions qui consommèrent sa ruine. Il se
trouva bientôt dans un état voisin de la misère,
et enfin, après plusieurs années d'efforts immenses, après d'horribles alternatives, épuisé
quoique plein de courage, il se vit, au seuil de la
mort, entre sa femme sans ressources et sa fille
âgée de sept ans.

Vous vous demandez comment mon père ne
s'était pas adressé à sa sœur, la marquise d'Aubecourt ? Hélas ! il l'avait fait, et ceci me coûte à
dire, bien que le tort de ma tante soit excusable
à quiconque la connaît et sait avec quel empressement elle a voulu le réparer. La lettre de mon
père fut probablement un peu trop fière. Ma

pauvre tante répondit en envoyant bien vite une
somme assez forte ; mais elle eut l'imprudence
(elle en a souvent pleuré) de ramener encore ses
malheureuses opinions, et de se montrer royaliste, là où elle devait n'être et n'était que sœur.
Aigris par leur infortune, indignés, d'autant
plus susceptibles qu'ils étaient plus malheureux,
mon père et ma mère refusèrent amèrement ce
don qui pouvait les sauver. Ma tante, offensée à
son tour, ignorant d'ailleurs la profondeur de
notre chute, n'insista pas. Plus tard, pressée d'un
noble regret, elle fit d'inutiles démarches pour
retrouver son frère. Il avait disparu, mettant un
soin cruel à cacher sa demeure et son nom. Ma
mère non moins fière, n'avait garde de lui
désobéir en indiquant l'asile affreux où il achevait stoïquement sa lente agonie. Je vois toujours
cette mansarde, dans l'une des plus noires maisons du plus misérable quartier de la ville. On
m'avait fait venir de la petite pension où j'étais
entretenue depuis quelque temps avec le prix
des derniers meubles. Ma mère, pâle et brisée,
mais l'œil sec, soutenait la tête courageuse du

1***

mourant. Les regards attachés sur le crucifix serré dans ses mains jointes, il écoutait les exhortations d'un prêtre, debout au pied de son lit. Lorsque j'entrai, je le vis sourire. Il m'embrassa tendrement, et je me mis à genoux. Posant sur ma tête sa main déjà froide : « Ma fille, me dit-il, tu ne me verras plus. Prie pour moi ; chéris ta bonne mère, et mets ta confiance en Dieu qui me rassure au moment de vous quitter. Ne balance jamais à remplir aucun devoir. Sois généreuse ! Je te bénis de toute mon âme au nom du Père, du Fils et du Saint-Esprit. » On m'emporta. Il mourut le soir.

V.

Ma généreuse mère, après avoir elle-même
enseveli son époux dans le dernier drap qui lui
restait, et l'avoir seule, de loin, suivi jusqu'à la
fosse, entreprit de vivre pour moi. Elle était
robuste et industrieuse ; elle parvint, durant
deux ou trois mois, à payer ma modique pension :
au prix de quelles privations et de quelles fatigues, Dieu le sait ! Bientôt la force lui manqua.
Elle fut obligée de me reprendre ; nous nous
vîmes face à face avec la faim, menacées d'être

chassées de notre misérable gîte. Vaincue par le
sentiment maternel, la veuve de l'indomptable
capitaine avait fait des démarches pour savoir
où demeurait la marquise d'Aubecourt, et elle
allait enfin lui écrire, quand Dieu nous envoya
un autre appui.

Un tout jeune homme, de bonne et douce figure, entra dans la mansarde et nous dit qu'une
Sœur de charité, informée de notre détresse, l'a-
vait chargé de nous secourir. Je ne sais quel art,
quelles paroles il sut employer ; mais lorsqu'il se
fut retiré, nous laissant de quoi attendre son
retour, ma mère, prosternée, tout en larmes,
rendit grâces à Dieu. Elle m'emmena ensuite
dans une église, où elle fit encore de longues
prières ; puis, ayant acheté quelques provisions,
nous retournâmes à notre indigente demeure.
Tandis que je mangeais, elle me couvrait de
baisers ; elle riait, et me disait : « Ma pauvre
enfant, nous ne sommes point abandonnées ;
ton père prie pour nous, tu ne mourras pas ! »

Le gracieux visiteur revint le jour suivant.
Il avait obtenu et sans doute payé mon admission

dans une maison d'orphelines, tenue par de pauvres religieuses. J'y fus conduite aussitôt. En même temps, il avait trouvé pour ma mère une double ressource : elle était fort instruite et peignait admirablement les fleurs. Il lui annonça des élèves, et lui fit accepter, à titre d'avance, une petite somme pour s'habiller et se loger un peu mieux. Mais tant de bienfaits n'étaient rien en comparaison de sa délicatesse. Il prenait soin de dire qu'on lui devait à peine un remercîment, prétendant n'être que l'agent de personnes plus riches et plus charitables, qui l'employaient à leurs bonnes œuvres cachées. Une circonstance aimable mettait le comble à la joie de ma mère. Son sauveur avait habité l'Allemagne, et il lui parlait la langue de son pays. Enfin, chère Élise, des jours vraiment heureux succédèrent à nos désastres. Dans mon couvent, j'étais l'objet d'une parfaite tendresse. Toutes les semaines je voyais ou ma mère ou notre ami, et ce dernier ne manquait pas de m'apporter chaque fois quelque petit présent. Je possède encore un chapelet, le plus beau de ces prix de sagesse qu'il m'a donnés.

D'un autre côté, les élèves, grâce à lui, abon-
daient chez ma mère ; elle commençait à jouir
d'une sorte d'aisance, comparativement à la misère passée.

Un dimanche, M. Germain (c'est le seul nom
sous lequel je l'aie connu) vint me prendre de
grand matin, pour aller, me dit-il, voir certaine
dame qui m'aimait beaucoup. Nous traversâmes,
je crois, tout Paris, et nous arrivâmes à une
maison de bonne apparence. Après avoir monté
un peu haut, mais par un bel escalier, une porte
s'ouvrit, et je me trouvai dans les bras de ma
mère, au milieu d'une chambre bien différente
de l'horrible mansarde où je l'avais laissée. Il y
avait des meubles neufs, des rideaux à la fenêtre.
Cette fenêtre donnait sur un vaste espace plein
d'arbres et de lumière. Il faisait beau. Les
oiseaux voletaient et chantaient au soleil parmi
ces arbres dont les cimes se balançaient sous nos
yeux, exhalant toute sorte de bonnes senteurs.
« Quel bonheur ! maman,. m'écriai-je, tandis
qu'elle me regardait avec des yeux humides ; que
vous êtes bien ici ! — C'est à M. Germain que je

dois tout cela, dit-elle. — Non, reprit Germain, en dirigeant mes yeux vers un endroit où je reconnus le crucifix sur lequel mon père avait collé ses lèvres expirantes ; voilà celui qui a protégé votre mère et vous. »

Je pourrais vous conter jusqu'au moindre détail cette journée, tant elle est restée dans ma mémoire. Si ce n'est au jour de ma première communion, je ne me souviens pas d'avoir été si heureuse. Nous allâmes ensemble à la grand'messe; nous déjeunâmes ensemble, parlant allemand à qui mieux mieux. Car l'allemand était la langue joyeuse de ma mère, et je ne l'avais pas oublié, grâce à une Sœur alsacienne qui me mettait à même de m'en servir souvent. Je ne sais à quel propos je m'avisai de dire tout à coup, d'un très-grand sérieux : *Mutter, wenn ich gross bin, will ich Germain heirathen :* c'est-à-dire, à peu près : Mère, quand je serai grande, je serai la femme de Germain. — Comment ! s'écria ma mère, mécontente et confuse. — Pourquoi pas ? dit Germain en souriant. — Mère, c'est que je l'aime bien, repris-je pour m'excuser, et je ne

puis pas être sa sœur, puisqu'il n'est pas votre
fils. — Eh bien, *Rœschen* (Stéphanie n'est pas
mon nom, c'est ma tante qui m'a baptisée de la
sorte ; je me nomme Rosalie), eh bien, Rœschen, continua Germain, soyez d'abord ma
sœur, puisque nous sommes tous deux enfants
du bon Dieu ; et plus tard, si vous êtes sage, si
vous apprenez bien la couture et le calcul, nous
verrons. »

Souvenez-vous de ceci, bonne Élise, et rendez
témoignage en temps opportun que je fais parfaitement les quatre règles et que je suis passa-
ble couturière, car j'ai l'intention de rappeler à
M. Germain ses anciens engagements. Mais
n'anticipons pas sur l'ordre des faits. Hélas !
j'ai encore de tristes événemeuts à rappeler.

L'heureuse époque dont je vous parle dura
près de deux années. Ma mère était parvenue
depuis quelque temps à payer ma pension, et
même elle commençait de rendre à Germain l'argent qu'il lui avait prêté. Je le voyais toujours :
il était toujours grave, bon et doux. Lorsque
nous étions réunis, c'était toujours la même fête.

Il n'était plus un bienfaiteur pour nous, mais un parent. Il nous disait que dans ce grand Paris nous lui tenions lieu de sa famille absente, et que je lui rappelais sa jeune sœur. Je l'aimais, pour mon compte, de la façon la plus vive et la plus familière. Que de fois, lorsqu'il me ramenait le soir au couvent, je m'endormis sur son épaule dans la voiture ! Il veillait pour m'empêcher de tomber, et si le temps était froid, il m'enveloppait de son manteau.

Un jour, il nous annonça, tout triste, que ses études l'obligeaient d'entreprendre un long voyage, et qu'il nous faisait ses adieux. Nous n'avions plus besoin de ses secours, nous avions encore besoin de son amitié. Je pleurai. Ma mère, qui me gardait maintenant chez elle, cherchait à me consoler, me disant qu'il reviendrait et serait toujours notre ami. Je croyais avoir encore une fois perdu mon père, et je parlais continuellement de ce cher Germain. Mais un malheur plus grand allait me frapper. Au bout de cinq ou six mois, ma mère tomba malade. Depuis son veuvage, elle n'avait presque pas cessé de

2

languir ; son âme ne la soutenait qu'aux dépens
d'une santé déjà profondément atteinte. Tant de
travaux et d'angoisses, tant de soucis sur mon
avenir épuisaient en elle les sources mêmes de
la vie. Elle sentit que son heure était venue;
Alors, sans hésiter, obéissant avec promptitude
à l'impérieux instinct de son cœur, et ne redou-
tant plus ni les refus ni les humiliations, elle
profita de ses dernières forces pour écrire à
Mme la marquise d'Aubecourt.

Ma tante, veuve depuis quelques années, n'é-
tait pas à Paris ; elle habitait cette grande terre
de Bretagne où nous avons passé ensemble de si
belles vacances. Sa réponse fut, cette fois, digne
d'elle ; le généreux sang du vieux Raymond
Corbin parla, et parla seul. Mme d'Aubecourt
partit immédiatement, voyagea jour et nuit, et
descendit de sa chaise de poste au seuil de notre
maison. Il était temps. Ma mère, mourante et
sans voix, ne put que l'embrasser et lui montrer
sa fille. Elle expira le lendemain avec la sérénité
d'un ange. Ma tante, après lui avoir fait rendre
les derniers devoirs et s'être reposée quelques

jours à Paris, repartit avec moi pour la Bretagne.

Elle me donna pour première recommandation, en me comblant de caresses qui lui gagnèrent tout de suite mon cœur, de ne jamais parler qu'à elle seule de mon père, de ma mère, et du passé. Je m'aperçus bientôt, toute petite que j'étais, qu'il ne fallait pas lui en parler plus qu'aux autres. Et peu à peu, nos malheurs et nos joies, la pauvre mansarde, le petit couvent, la jolie chambre de ma mère où nous avions été si heureux, mon bon ami Germain lui-même, chassés par des spectacles et par des visages nouveaux, s'enfoncèrent dans les obscurités d'un lointain souvenir. Je finis par m'oublier aussi. Je ne m'appelai plus Rosalie ni Rœschen. Ce nom, je n'ai jamais su pourquoi, déplaisait à ma tante. Quelque femme de chambre le portait, peut-être. On m'appela Stéphanie, et je devins une autre personne. La métamorphose était accomplie quand j'entrai au pensionnat des Visitandines, le même jour que vous, mon amie. Vous seriez-vous doutée que tant de tristes aventures

avaient déjà traversé l'existence de votre compagne, de cette nièce espiègle et gâtée de la
riche et bonne marquise d'Aubecourt?

Je restai, vous le savez, chez les Visitandines
jusqu'à l'âge de dix-huit ans. J'y serais restée
toujours, pour peu que ma tante l'eût désiré :
non que je me sentisse une vocation claire, non
que je fusse très-épouvantée des périls du monde.
Mais il me semblait que, dans ce cloître si bien
fermé, sous ces voiles éternels, dans ces humbles
travaux soulagés par l'innocence et par la prière,
résidait le plus sûr et peut-être le seul bien de
la vie : je veux dire la paix.

Il ne me restait qu'une vague mémoire des
malheurs de mon enfance. Ces funèbres images,
de moins en moins distinctes, m'étaient plutôt
douces lorsqu'elles venaient à se ranimer. Toutefois elles m'inspiraient, en présence de
Mme d'Aubecourt, je ne sais quelle contrainte,
qui me pesait comme un sentiment d'ingratitude.
Je souffrais du luxe dont j'étais entourée. Son-
geant à l'abandon où nous avions tant langui, je
me disais que le prix de la moindre et de la plus

inutile des belles choses étalées dans l'hôtel d'Aubecourt aurait pu sauver la vie de mon père ;
et je m'en voulais d'une pensée qui accusait ma
mère adoptive. Ce n'était rien, ce n'était qu'un
nuage bien rapide et bien léger sur ma reconnaissance ; mais pour échapper à ce nuage,
à ce rien, je me serais volontiers, du moins je le
pensais, enterrée au couvent. « Et pourtant,
ajoutais-je, sortant du vrai pour entrer dans le
rêve, si je retrouvais Germain ! Comme nous
parlerions de ma mère ! Je croirais retrouver ma
mère elle-même ! » Mon cœur battait ; je me
sentais moins de goût pour le voile.

Ma tante mit fin à ces perplexités. Elle me
retira du couvent et me présenta partout avec le
grand titre de son unique héritière. Je fus plus
touchée de sa tendresse que de la belle destinée
qu'elle me réservait. Elle me dit qu'elle n'avait
que moi au monde, et que je serais la consolation de ses vieux jours. De deux familles floris-
santes il y a trente ans, nous restions seules en
effet. La mort, frappant sur le puissant tronc
des d'Aubecourt comme sur l'humble souche

des Corbin, n'a épargné que nous. Pouvions-
nous ne pas nous chérir ? D'ailleurs, ma tante
est si bonne ! C'est d'elle que j'ai appris toute
l'histoire de mon père, jusqu'à cette démarche
qu'il fit pour l'appeler à notre secours, et qu'elle
s'accuse généreusement d'avoir repoussée. Souvent je l'ai vue troublée de ce souvenir ; et néanmoins, chose étrange, je sens que, rendant toute
justice au fier cœur de son frère, elle ne lui pardonne pas d'avoir été *jacobin*. Tout ce qu'elle
peut faire, à cause de moi, c'est d'éviter de lui
donner ce nom odieux, et de se contenter de
déplorer amèrement ses erreurs révolutionnaires.
Quant au reste de nos aventures, elle ne le sait
qu'en gros et ne tient pas à s'en instruire davantage. J'ai toujours eu, d'abord par instinct, ensuite par charité, la discrétion de lui en parler
peu. Une seule fois, il y a bien longtemps, ayant
dit quelque chose du jeune homme qui nous avait
assistées, ma mère et moi, elle m'interrompit
avec tant de promptitude et de mécontentement,
que le nom de Germain s'arrêta sur mes lèvres,
et je n'ai jamais depuis été tentée de le pronon-

cer. Pardonnez-lui cette faiblesse. Ce serait une chose amère pour elle, en vérité, que quelqu'un pût dire dans le monde : « J'ai fait l'aumône à la belle-sœur et à la nièce de Mᵐᵉ d'Aubecourt ; je les ai tirées de la misère où elle les abandonnait. » Car elle ne connaît pas Germain, et voilà l'imagination qu'elle peut se former.

Si je me trompe, je ne sais à quoi attribuer le sentiment invincible qui me retient, Germain a reparu ; j'ai revu son visage, je connais sa demeure ; mais son nom, que j'ai toujours tu, je le tais avec plus de vigilance. Je ne puis prendre sur moi de dire à ma tante : « L'homme qui m'a conservé ma mère et qui m'a sauvé la vie, cet homme est à deux pas de votre hôtel, et il a peut-être besoin de vous. » Ah ! c'est que ma tante, quelle que fût sa générosité, n'offrirait pas à Germain ce que je voudrais lui donner.

VI.

17 mai.

Vous avez raison : je ne vous ai pas dit comment j'ai retrouvé notre ancien ami. En voici l'histoire.

J'ai commencé par le chercher inutilement, autant du moins que je pouvais chercher. Le premier jour où ma tante me parla de mariage (et ce fut presque aussitôt que j'eus quitté la Visitation), je formai cet étrange projet, de découvrir dans Paris un homme dont je ne savais autre chose, sinon qu'il se nommait Germain ;

ignorant même si c'était là un nom de famille,
ou simplement de baptême. Je me fis d'abord
conduire à la maison d'orphelines où l'on m'a-
vait recueillie, et que je me rappelais être située
dans un faubourg derrière le Jardin des Plantes.
Je pensais que Germain y aurait conservé des
relations. Je retrouvai la rue, mais plus de couvent. J'allai chez le curé de la paroisse : j'avais
laissé un vieillard, je vis un jeune prêtre qui
m'apprit que les religieuses, parties depuis plusieurs années, s'étaient dispersées dans divers
monastères de leur congrégation. « Y a-t-il
encore un de ces monastères à Paris? — Non.
— Et la maison générale, où est-elle ? — En
Languedoc ! »

J'avais retenu l'adresse de ma mère. C'était à
l'autre bout de Paris. J'y cours, je vois la maison,
j'entre, le cœur palpitant. O bonheur ! c'est le
même portier. « Avez-vous connu Mᵐᵉ Corbin?
— Elle est morte il y a plus de dix ans. — Et
sa fille ? — Sa fille est retournée en Allemagne.
— En Allemagne ! — Oui, avec une de ses
parentes. »

2·

Cette réponse me glaça. Je devinai que Mᵐᵉ d'Aubecourt, voulant sans doute faire perdre mes traces au peu de gens qui auraient pu connaître nos infortunes, avait eu tout de suite le projet de m'enterrer, en quelque sorte, dans le tombeau de ma mère, pour me donner une nouvelle vie, que je tiendrais d'elle uniquement.

— Et, ajoutai-je, en tirant de ma bourse une pièce d'or que je fis voir au portier, n'est-il venu personne s'informer de Mᵐᵉ Corbin ou de sa fille ? Je tiens extrêmement à le savoir. — Depuis si longtemps, Madame, répondit cet homme, je ne me souviens pas. La parente de Mᵐᵉ Corbin a tout payé grandement, et elle a donné ses meubles et son linge aux pauvres. — Point de lettres ? dis-je encore. — Attendez donc, reprit-il. Il appela sa femme. — Est-ce que tu n'as pas une lettre pour une dame qui est morte ? — Je crois que si, répondit-elle ; quel nom ? — Mᵐᵉ Corbin, dis-je avec une émotion profonde.

La portière se mit à chercher dans un tiroir plein de vieux papiers et de chiffons. Elle en tira

une lettre toute froissée, toute jaune, et lut :
Madame, Madame Corbin, peintre de fleurs. —
C'est cela ! m'écriai-je, avançant une main trem-
blante.

Le portier tenait ma pièce, on me livra la lettre sans difficulté. Elle venait d'Italie, et quoique l'écriture m'en fût inconnue, je l'attribuai à
Germain.

Avec quel frémissement, seule, le soir, dans ma
chambre, à l'abri de tout regard indiscret, je me
préparai à lire cette lettre qui allait me faire assister à l'entretien des deux êtres que j'avais le
plus aimés ! Je la contemplais, je la retournais
dans mes mains, je la pressais sur mon cœur ; je
pensais que Dieu avait renfermé là quelque chose
d'immense pour ma vie. Tout à coup, un scrupule m'arrête ; M'est-il permis d'ouvrir une
lettre adressée à ma mère ? Je priai Dieu dans
ce doute. Il me sembla que la douce voix de celle
qui n'est plus se faisait entendre à mon oreille et
me commandait de rompre le cachet. Je regardai d'abord la signature. Elle était ainsi con-
çue : *Germain D.* Ainsi je n'apprendrais rien.

La lettre de Germain ne me ferait pas même
connaître son nom ! ... Elle me fit du moins
connaître son caractère. Je veux que vous le
connaissiez aussi.

LETTRE

DE

GERMAIN A MA MÈRE.

« Naples, 21 novembre 18...

« MADAME ET AMIE,

« Je pars demain pour Smyrne, où je compte
« séjourner quelque temps et où je réglerai
« définitivement mon itinéraire. Je ne veux pas
« m'embarquer sans vous dire encore une fois
« adieu et sans vous assurer de tous mes senti-
« ments. Vous me parlez de votre reconnaissance,
« mais c'est moi, Madame, qui suis votre obligé.
« Le spectacle de vos courageuses vertus m'a fait

« plus de bien que vous ne le pouvez croire. S'il
« fallait que quelqu'un vous offrît les faibles ser-
« vices que j'ai désiré vous rendre, je remercie
« Dieu de m'avoir choisi dans ce but. Le soin
« de vous aider n'a été pour moi qu'une chère
« et secourable distraction, qui jamais ne m'a
« éloigné d'aucune étude, et qui toujours m'a
« rattaché à tous les devoirs. Durant les trois
« mois que j'ai passés au milieu de mes parents
« avant de quitter la France, j'ai bien songé à
« vous, bien souvent parlé de vous. Ma mère, qui
« est une sainte femme, apprécie tout à fait
« comme moi votre influence sur mon âme, et
« ma petite sœur apprend à aimer Rœschen
« comme sa sœur. Dans le cas où j'aurais voulu
« abandonner mon voyage, ma mère se serait
« dévouée à venir habiter Paris. Vous auriez
« en elle une amie digne de vous, et Rœschen
« une seconde mère. Cette perspective m'a fait
« hésiter ; mais ma volonté a repris le dessus. Il
« faut que je voyage, que je devienne un homme,
« et même un savant. Je bénis maintenant ma
« mère de tous ses efforts pour m'empêcher d'être

« soldat. La servitude militaire ne m'inspire pas
« moins d'horreur que les panaches, les grands
« sabres et la gloire ne m'ont jadis ébloui.
« J'aime mieux être le plus humble des érudits
« que le plus brillant des hussards ; j'aime mieux
« découvrir une date que de prendre une ville, et
« gagner l'escabeau de bibliothécaire que le bâ-
« ton de maréchal. Au moins je n'aurai pas fondé
« ma fortune sur la ruine et sur le sang d'au-
« trui ; je serai une pensée, une action, et non
« pas un de ces rouages qui fonctionnent sous
« la main d'un seul homme, contre toute l'hu-
« manité. J'avais ces sentiments quand je vous
« ai connue, ils me venaient de mon père ; mais
« ils s'étaient endormis. Vos sérieuses conversa-
« tions, Madame, les ont réveillés pour toujours.
« Je vous en rendrai grâces éternellement. Il n'y
« a guère que l'habit doré de nos républicains,
« et les traces qu'ils ont laissées de leur règne,
« qui m'empêchent d'être un vrai partisan de la
« république. Faute de pouvoir oublier ces mons-
« tres et ces crimes, je m'en tiens à un idéal de
« liberté et de justice que sans doute nous ne ver-

« rons pas, mais qui existe dans ma conscience,
« et qui me montre sous un aspect repoussant
« toute cette livrée administrative et toute cette
« soldatesque qui fait de nous la première nation
« du monde. Ma mère objectait qu'on peut fort
« bien n'être ni valet, ni soldat, et même rester
« chrétien, et même devenir bibliothécaire et
« savant, et cependant ne pas quitter la France.
« Oui ; et comment satisfaire ce besoin de voir,
« de comparer, de raisonner, de juger par moi-
« même, dont je me sens pressé ? Comment
« apaiser, en demeurant à Paris sans s'exposer
« à de grandes sottises, cette soif de hasards et
« de combats qui me poussa longtemps au mé-
« tier militaire ? Tout bien considéré, mieux
« vaut s'en aller. Vous pensez comme moi, j'en
« suis sûr, que trois ou quatre années de cour-
« ses à travers ces pays difficiles qui m'attirent,
« me profiteront plus sous tous les rapports, et
« me seront moins périlleuses que dix années
« passées dans les bibliothèques. J'aime certai-
« nement les livres, mais pas encore assez. Ce
« que j'aime avant tout, c'est le grand air. Ma

« santé s'en trouve bien, et me permet d'entre-
« prendre les pérégrinations de Thésée.

   « Néanmoins, ne m'oubliez pas devant Dieu,
« chère Madame. Je vais parcourir des contrées
« où les clochers sont rares ; je n'entendrai pas
« souvent la messe. Il faut vraiment compter
« sur la Providence pour s'engager comme je le
« fais, si loin de tous les secours spirituels. Mais
« quelque chose me dit de ne pas craindre ; et
« franchement, je mourrais, à ce qu'il me semble,
« le plus tranquillement du monde. Quand je
« songe au bonheur que j'ai d'être chrétien en
« un temps comme celui-ci, mon cœur s'enivre
« de sécurité. Je m'abandonne, avec une audace
« égale à ma reconnaissance, aux volontés de
« cet immense amour qui m'a tant protégé. Oui,
« vous aurez place et grande place dans mes
« prières. Je trouve que nous ne devrions même
« pas nous demander ces choses-là. Quant à
« Rœschen, je la distingue à peine de ma propre
« sœur. Je compte sur ses *Ave Maria ;* elle peut
« compter sur les miens. Cette chère enfant !
« Vous serez une heureuse mère, Madame, si

« Rœschen tient tout ce qu'elle promet. On
« reconnaît dans son âme un mélange de force,
« d'enthousiasme et de sensibilité qui montre
« bien de qui elle est fille. Vous verrez qu'elle
« deviendra même jolie, avec son œil français
« et sa chevelure allemande. Ce sera un grand
« cœur comme son père, et un tendre cœur
« comme vous ; un de ces cœurs privilégiés qui
« sont naturellement préservés des tentations
« vulgaires, et qui habitent dans le beau et dans
« le bon, comme dans leur élément. Pauvre
« petite ! Dieu la garde des épreuves par où vous
« avez passé ! Je l'espère. Vos douleurs et vos
« larmes lui ont formé un rempart à l'abri
« duquel ses jours s'écouleront doucement. Je
« ne m'étonnerais pas qu'elle se fît religieuse. Ce
« serait un grand bonheur pour elle... Et cepen-
« dant, il faut que je vous le dise avant de partir :
« quand je pense que dans cinq ou six ans, à
« mon retour, Rœschen sera presque bonne à
« marier, et moi très-mariable, je crois que je
« lui souhaite un autre état et un autre bonheur.
« Qu'en pensez-vous ? Il est vrai que je suis pau-

« vre ; mais qui ferait cette objection ? Ce ne
« serait ni vous, ni Rœschen, ni ma mère ; et
« d'ailleurs, avec un peu de travail, je puis
« vivre. Enfin, riez de ma chimère ; toujours
« est-ce une chimère que j'ai bien caressée.
« J'aimerais une femme élevée par vous, et un
« peu par moi, que j'aurais ainsi vue toute
« petite, et qui aurait pris l'habitude de m'avoir
« pour appui. Nous ne forcerions pas son cœur.
« Vous vous rappelez ce propos qu'elle nous
« tint si gentiment un jour : *Wenn ich gross bin,*
« *will ich Germain heirathen.* Et moi je dis que
« quand j'aurai davantage connu les hommes,
« j'aimerais à me reposer de mes travaux et à
« me cacher du monde dans l'humble paix d'une
« union fidèle. Je voudrais que ma femme eût
« été pauvre, qu'elle fût pieuse, qu'elle eût une
« âme pure et un cœur ardent, et qu'avant de
« m'aimer comme épouse, elle m'eût aimé
« comme petite sœur ; je voudrais que son cœur
« et sa mémoire, et toute sa vie fussent remplis
« de moi. Ne dites pas que c'est un coupable
« égoïsme de vouloir être aimé ainsi : le senti-

« ment que j'ai là, que j'exprime mal, peut-
« être, se rattache à quelque chose de meilleur ;
« je désire surtout rendre plus facile à ma femme
« le devoir de supporter mes défauts.... Oui, je
« crois que c'est cela. Si vous me l'assurez, je
« n'en douterai pas ; car vous me connaissez
« mieux que je ne me connais moi-même.

« Il faut finir cette longue lettre et parler d'af-
« faires. Puisque vous prétendez avoir de l'ar-
« gent à moi, voici l'usage que vous en ferez,
« bien entendu lorsque cela ne pourra aucune-
« ment vous gêner. Une partie de la somme sera
« employée pour Rœschen, le jour de sa pre-
« mière communion. Je *veux* (ne vous offensez
« point, c'est le style des testaments) qu'elle ait
« un cierge magnifique et un voile qui puisse
« lui servir le jour de son mariage. Le reste, vous
« le donnerez aux pauvres, après avoir fait dire
« quelques messes à mon intention. Mais je
« fais à tout cela une condition que j'impose à
« votre honneur. C'est qu'à la première néces-
« sité vous irez, comme je vous en ai tant priée
« avant mon départ, trouver M. N., dont vous

« savez l'adresse et que j'ai prévenu. Il tient en
« réserve quelque chose qu'il vous remettra
« tout d'abord ; et ensuite, comme il est fort
« charitable et fort répandu, il s'occupera de
« vous servir. Point de retard, je vous en con-
« jure, dans une occurrence fâcheuse. Songez à
« votre fille, et, je l'ose dire, à votre ami.

« Que la sainte Vierge et les saints, sous la
« protection de qui je vous laisse, portent aux
« pieds de Dieu les prières que je ne cesserai de
« lui adresser pour vous.

« GERMAIN D. »

Mettez-vous à ma place, généreuse Élise, et
comprenez ce que me fit éprouver cette lettre ;
jugez de mon admiration, de mes regrets, de
mes larmes. Pendant près d'un mois, j'employai
une partie des nuits à la relire. Je la savais depuis longtemps par cœur, et je la relisais encore.
Dès que je trouvais une occasion de m'échapper,
j'allais vite m'enfermer chez moi ; je tirais mon
trésor du lieu où je l'avais bien caché, et, le cœur
palpitant, l'oreille aux aguets, après avoir ras-

sasié mes yeux en considérant ces chers caractères, je restais absorbée devant la signature,
comme si cette muette initiale allait enfin me
livrer son secret. Du reste, nul moyen de conti-
nuer mes recherches. Je ne me souvenais pas
d'avoir vu ce M. N., à qui ma mère devait s'adresser en cas de besoin. Sans doute, il était venu
s'informer de Mme Corbin ; il avait appris sa
mort et mon départ, et il en avait instruit son
ami. Mais Germain lui-même existait-il encore ?
N'avait-il pas perdu la vie durant ce long et
périlleux voyage ? Je fis causer M. de Tourmagne,
qui a visité un peu l'Orient. Il m'en fit des pein-
tures affreuses, et je l'interrompis, saisie de terreur. Je songeais quelquefois à me jeter aux
pieds de ma tante et à lui donner la lettre de
Germain ; jamais je n'osai. Mais un jour elle
me parla de mariage. Au premier mot je fondis
en pleurs. Je la conjurai d'attendre, protestant,
pour la rassurer, que je ne pensais nullement à
me faire religieuse.

Assurément je ne mentais pas. J'avais la con-
viction que je reverrais Germain ; je redoutais

le cloître. Même, je montrai pour le monde un
goût soudain qui étonna ma tante et qui la
charma. Je portais, dans ces réunions de la plus
brillante aristocratie, la folle espérance d'y rencontrer Germain, le sauvage et pauvre Germain !
Que notre esprit est ingénieux à se préparer des
mécomptes ! Je m'estimais surtout heureuse
quand j'avais pu décider M. de Tourmagne à
nous inviter : Germain étant savant, j'avais plus
de chances de le trouver là. Je tombais tout à
coup chez ce bon M. de Tourmagne, fort étonné de
me voir ; je pénétrais dans son cabinet, je l'obli-
geais de me montrer des livres sur l'Orient.
Il fut condamné à me promener dans toutes les
bibliothèques. Ayant appris qu'il y avait une
Académie des sciences, ne le forçai-je pas de
m'y conduire ! Hélas ! nulle part Germain n'ap-
parut, et je finis par me décourager. Alors je
pris le monde en haine. Je ne voulais plus
bouger de la maison, je tombai dans une noire
et insurmontable tristesse. Les médecins conseil-
lèrent à ma tante, effrayée, de me distraire.
Elle me demanda où je voulais aller. Je contrai-

gnis M. de Tourmagne, qui déjà me traitait en
enfant gâté, de nous accompagner en Italie. Je
voulais respirer l'air de Naples.

Vous m'avez vue calme et presque gaie après
ce voyage. En effet, par prudence, par un effort
de volonté, je n'avais pas emporté la lettre de
Germain, ce talisman qui me jetait dans l'empire
des songes. A force de réflexions, à force de
prières, je domptai mon cœur, et je revins
d'Italie plus chrétienne, c'est-à-dire plus sage.
Dieu, sincèrement imploré, me secourut. Mon
âme, échappant à ses tempêtes, entra dans la
voie commune. Je conservais, certes, le désir
de voir Germain, et je ne sais quelle vague
attente que je lui serais unie ; mais il en était de
cela comme de tant d'espérances qu'on flatte,
qui sont chères, et auxquelles cependant on a
renoncé. Il fallait le projet sérieux d'un mariage
pour évoquer, et encore assez faiblement, ces
idées qui m'avaient tant émue. La fameuse lettre
demeurait toujours là, toujours vénérée, toujours redoutable ; je la regardais souvent, je me
défendais de l'ouvrir. Je me disais : Si je me

marie, si la raison me le conseille et si le bonheur de ma tante l'exige, je prendrai la lettre
de Germain, et, sans la relire je la brûlerai.

Voilà où j'en étais, bien-aimée compagne,
quand je vous écrivis, il y a trois semaines, au
sujet de votre mariage, qui m'avait fait faire un
triste retour sur moi-même. Quelques jours
après. Germain s'offrit à mes yeux.

VII.

22 mai.

C'est un dimanche, à la grand' messe de notre paroisse, que je l'ai revu. J'étais à côté de ma tante, et nous venions de nous tourner du côté de la chaire pour écouter le sermon. Germain nous faisait face, à trois pas de nous. Je le reconnus du premier coup d'œil.

Il est grand, il a l'air plus mâle, son front commence à se dégarnir de la forêt de cheveux qui l'ombrageait. Du reste, ses traits calmes et bons n'ont point changé. Sa toilette,

2**

fort simple, ne manque point d'une élégance grave. J'imagine que vous attendiez ce portrait.

Il tournait la tête vers le prédicateur ; j'eus tout le temps de l'examiner. C'est bien lui, pensai-je ; c'est lui, tel que je me le rappelle et tel que je me le figurais ! Je baissai alors les yeux ; je fis autant que je pus tomber mon voile ; je me dérobai derrière une grosse femme qui se trouvait entre nous par bonheur, et je songeai. A la vérité je n'entendis guère le sermon ; je n'essayai pas même d'écouter : cette situation était trop forte. Je me demandai ce que j'allais faire, ce que me conseillerait ma mère si elle vivait, ce que m'imposerait mon devoir. Le sermon fini, je m'agenouillai, et, le visage caché dans mes mains jointes, après avoir ardemment invoqué Dieu, je le pris à témoin que je serais la femme du bienfaiteur de ma mère, ou que je n'aurais jamais d'époux. Non, je ne puis donner à nul autre un cœur qui n'est point libre, et qui est plein de toi, ô Germain, comme tu l'as voulu !

Ma tante quitta l'église ; il me fallait la suivre.
Nous passions lentement près de M. Germain ;
je me hasardai à le regarder encore. Il priait, le
front incliné. Je pus voir quelques cheveux gri-
sonnants sur ses tempes, marques précoces d'une
vie laborieuse. Croiriez-vous que je reconnus
son livre de messe ? Oh ! que je voudrais savoir
si dans ce livre, où j'appris *à lire le latin*, il y a
encore une jolie petite image de sainte Rosalie
de Palerme, que je lui donnai le jour de notre
séparation ! Ma tante, remarquant son attitude,
observa qu'il avait l'air d'un bon chrétien.
Pourquoi ne lui ai-je pas dit : Je le connais ;
c'est mon plus vieil ami, mon bienfaiteur !
Toutefois, la remarque de ma tante me parut
de bon augure non moins que le lieu où la
Providence me faisait retrouver cet ami tant
cherché. Mais déjà je tremblais de le perdre.
J'avais hâte d'être chez moi, pour le guetter de
ma fenêtre et savoir de quel côté il se dirigerait
en sortant.

A peine en sentinelle derrière mes rideaux,
je le vis s'engager dans cette rue silencieuse qui

s'ouvre devant l'hôtel d'Aubecourt. Il fit, en passant, l'aumône à la pauvre vieille infirme que vous vous rappelez peut-être, et qui est toujours là, quel que soit le temps, le crucifix sur la poitrine, et l'*Ave Maria* aux lèvres. Mes bons yeux, à qui je fus bien reconnaissante, le suivirent plus loin, et le virent entrer dans une maison humble, mais décente, fermée comme un couvent. Il reparut presque aussitôt, n'ayant plus son livre. « Ainsi, me dis-je, c'est là qu'il demeure ! » Vous comprenez ma joie à cette découverte. Il vit, je le vois, je sais où il demeure, je l'ai sous ma main ! Il repassa devant mes fenêtres, regardant avec quelque attention la porte monumentale de l'hôtel d'Aubecourt. Germain ! Germain ! regardez mieux encore, ne vous éloignez pas si vite. Si l'on vous disait que dans cette maison superbe habite aujourd'hui, riche et brillante, la petite Rœschen ! Mais ne pensant plus à l'hôtel d'Aubecourt, moins encore à la pauvre Rœschen, il continua son chemin, et enfin je le perdis de vue. Alors, calme et même contente, je poussai le verrou, je cherchai ma précieuse lettre, je la dépliai avec une sorte de respect, je la lus lentement, et je renouvelai dans mon cœur la promesse que j'avais faite, une heure auparavant, en présence de Dieu.

Le soir, à vêpres, Germain se retrouva à la même place. Je fus donc convaincue qu'il était de la paroisse et que je le verrais fréquemment. Quinze jours, en effet, se sont écoulés, et je l'ai vu tous les jours. Très-souvent, le matin, nous nous rencontrons à la messe. Il rentre ensuite dans sa sévère maison, et il ne sort plus que le soir. S'il passe le seuil dans la journée, c'est pour revenir bientôt, chargé de quelques vieux livres : d'où je conclus qu'il n'a point de place, et que l'étude occupe tout son temps. Je le reconnais à ces signes ; il n'a point changé. Je l'ai parfois aperçu, le jour, à une fenêtre qui est souvent éclairée jusqu'à une heure avancée de la nuit. C'est sa chambre, et probablement aussi son cabinet de travail.

Il me semble que je m'arrangerais de cette vie. Savoir qu'il est là, me trouver si voisine de lui dans la maison de Dieu, prier pour lui sans qu'il le soupçonne, attendre je ne sais quelle heureuse occasion qui me permettra, je ne sais comment, de lui témoigner, ou plutôt de me témoigner à moi-même, que je suis toujours son amie, et son amie reconnaissante, c'est une existence où je ne voudrais rien ajouter. Mais quelquefois il me paraît triste, ou plutôt accablé. Peut-être éprouve-t-il de grands chagrins. Oh ! dans ces moments-là, je voudrais lui parler... Cher Germain, comme il est seul ! N'a-t-il plus ni sa mère ni sa sœur ? Et moi je suis si heureuse !

Il ne me reconnaît pas du tout. Plusieurs fois ses yeux sont tombés sur moi par hasard ; cette vue n'a pas éveillé en lui le moindre souvenir. On voit bien sur la figure des gens l'effort qu'ils font pour se rappeler où ils vous ont vu. Il est vrai que j'avais dix ans lorsqu'il est parti, et j'en ai vingt ; j'ai grandi presque du tiers. J'étais une enfant chétive, passablement laide, à ce qu'on assure ; à présent je suis une femme, et même, si j'en crois M. le Vicomte et madame

sa mère, une femme assez agréable. Je n'ai
plus rien à vous cacher, chère Élise, et vous
me pardonnerez ce que je vais vous dire : Je
voudrais que M. Germain fût de l'avis, en ce
point, de M. le Vicomte de Sauveterre. Mais
le moyen d'imaginer que deux hommes si différents se puissent jamais rencontrer du même
goût ?

VIII.

27 mal.

Non, non ! je ne parlerai point de lui à ma tante. Mes pauvres raisons, qui ne vous touchent point, me semblent toujours invincibles. Elles le sont à mon courage. Outre l'appréhension que la Marquise ne voulût traiter Germain en client, moyen assuré de le faire fuir, il me semble que si je prononçais seulement son nom, tout de suite on lirait dans mon cœur, on saurait tout. Mais, ma très-chère amie, ce que je veux bien vous dire, ce que j'ai besoin de vous dire, je ne veux pourtant le dire qu'à vous. Pensées, sentiments, souhaits, tout l'élan de mon âme s'explique et se justifie à vos yeux. Cet homme que j'aimais dans mon souvenir, je l'aime enfin davantage depuis que je l'ai revu. Je le répète, et devant vous je n'ai pas à rougir. D'autres pourraient penser que je n'ai point ici toutes les fiertés qu'il faut. Me puis-je résoudre à passer pour une inconsidérée qui se jette à la tête de quelqu'un ? Et lui-même, Germain, qu'en penserait-il ?

Ma tante, qui ne rêve que distinctions de la naissance et du rang, qui compte pour peu de chose tout autre mérite, ou qui, du moins, ne croit pas que tout autre mérite puisse exister indépendamment de ces avantages, ni leur être comparé, irai-je la prier de me marier à Germain ? « Germain, quoi ? dira-t-elle. — Mais Germain qui nous a sauvées, ma mère et moi, quand vous nous laissiez périr. » Ce serait de quoi le mettre en grâce, le malheureux ! Ma tante pourrait trouver que j'ai lestement disposé de sa fortune ; elle pourrait me mettre dans le

cas de refuser ses bienfaits. Mon Dieu ! j'y con-
sentirais sans peine, s'il ne fallait pas en même
temps perdre son amitié et lui causer une douleur
cruelle.

D'un autre côté, j'éprouverais bien quelque
scrupule de n'offrir à Germain que mon cœur.
Me connaissant et m'aimant, il n'en demande-
rait pas davantage. Oui, mais pourquoi n'aurais-
je pas le bonheur de l'enrichir ? M. de Tourmagne
dit que c'est une chose cent fois plus facile de
devenir savant lorsqu'on est riche. On a plus de
loisir, plus de repos d'esprit ; on fait plus aisément connaissance avec les livres, les pays, les
gens. Élise, quelle joie de donner à notre savant
toutes les facilités de l'étude ; de mettre ce grand
cœur et ce grand esprit sur un piédestal d'où le
monde le verra mieux, d'où il pourra parler
avec plus d'autorité ! Certes, vous concevez
qu'une âme dévouée ne soit pas insensible à
cela ? J'aurai toujours une rivale, une rivale
préférée : c'est la science. J'aime tant Germain,
que je veux, de mes propres mains, parer ma
rivale, la doter, la conduire à lui et les unir.

Puisque cette fière dame goûte l'argent, et réserve ses plus grandes tendresses à ceux de ses adorateurs qui lui font habiter un palais, elle aura l'argent, elle aura le palais.

Je veux d'abord introduire Germain chez ma tante, sans qu'elle sache, ni lui, comment il est entré. Hélas! je ne sais pas par où il entrera, et j'y vois des obstacles immenses; pourtant je le veux. Je veux qu'ensuite Mme d'Aubecourt apprenne à l'estimer et à l'aimer. Dès qu'elle l'aura vu (bien entendu sans soupçonner nos projets), je suis sûre qu'elle l'estimera et l'aimera; je m'en fie à ces deux âmes. Je veux que, par mon industrie, Germain se fasse plus vite un nom, une réputation; M. de Tourmagne y aidera, de gré ou de force.

Je veux enfin, je veux surtout, je veux, hélas! que Germain me voie quelquefois et m'entende, et qu'il se puisse dire, s'il y pense : « Elle n'est point laide, elle n'est point sotte, elle n'est point méchante... » Quand tout cela sera fait, nous aviserons. En attendant, je lui parlerai, nous redeviendrons amis... Ah! si je suis malade,

que je vous sais gré de m'épargner ces potions
aigres qu'on appelle les conseils de la raison !
Les « conseils de la raison » m'affligeraient et
ne me guériraient pas

IX.

20 mai

Ah! mon Élise, quelle peur! Autour de la
maison de Germain, toujours si tranquille,
j'apercevais un certain mouvement de gens qui
allaient et venaient, portant toutes sortes de
choses, mais particulièrement des meubles et des
meubles de femme : une table à ouvrage, une
toilette, que sais-je? Mon Dieu, s'il allait être
marié! Hier matin je le vois sortir, ayant une
jeune dame au bras, d'une taille élégante, d'une
allure vive, qui lui parlait avec tous les signes

3

d'une heureuse et profonde affection. Lui-même
semblait tout autre. Il causait, riait, prenait cette
main appuyée sur son bras et la serrait, et encore
des rires. Plus de doute, c'est sa femme ! Pauvre
Stéphanie, que sont devenus tes rêves ! Je des-
cendis tout de suite à l'église po··· ·· ··· ce grand
sacrifice. Germain et sa compagi·· ·· ····ent déjà,
l'un près de l'autre. Je m'agenouillai derrière
eux et je priai pour eux. Mais bientôt une servante arrive, s'approche près de la jeune femme
et dit ces deux mots, les plus doux que j'aie
entendus de ma vie : « Mademoiselle ! Mademoiselle ! » Va ! bonne fille, je te rendrai le plaisir
que tu m'as fait ! *Mademoiselle* se retourne et
me laisse voir un air de famille qui dissipe aus
sitôt l'accablante méprise.

Celle que je croyais la femme de Germain es.
tout simplement sa sœur, cette sœur dont j'étais
l'image, qui apprenait de lui à aimer la petite
Rœschen. Elle se leva, dit en souriant deux
mots à son frère, et suivit avec empressement
la servante. On ne peut imaginer, pour une
jeune personne, un aspect plus ouvert et agréa-

ble. La bonté, la candeur, la raison, la sante, l'innocence, étalent leur fleur sur ce visage de vingt ans.

Elle ne tarda pas à reparaître, soutenant une dame âgée qui marchait avec quelque peine et qu'elle fit asseoir à côté de Germain, tandis que celui-ci préparait un prie-Dieu commode. Qui voulez-vous que soit cette vénérable dame, sinon la glorieuse mère de ces nobles enfants ? Ils entendirent la messe ensemble. Au moment de la communion, ce fut un beau spectacle, je vous assure, de les voir tous trois aller à la sainte table, la mère appuyée sur son fils. Je m'associai du cœur à cette piété de famille qui célébrait ainsi sa réunion sous le même toit. J'étais ravie de leur bonheur, convaincue au fond de l'âme que la Providence ne nous avait pas rassemblés sans quelque dessein de tendre miséricorde envers nous tous. Les actions de grâces de mes trois amis furent longues, moins longues pourtant que les miennes, et je défie toute leur ferveur et tout leur amour d'avoir plus tendrement remercié le bon Dieu.

Loin d'écarter de moi, quand je suis dans l'église, les pensées dont je vous entretiens, c'est là, au contraire, où je les accueille plus volontiers. Elles y revêtent une gravité qui leur permet de se présenter sans troubler la paix chrétienne. Ailleurs, je craindrais de les écouter avec trop de complaisance ; là, Dieu, qui est mon confident, est aussi mon conseil et serait mon gardien. Il sait disposer mon âme de telle sorte que toutes mes préoccupations *germanesques*, malgré leur importance, ne viennent qu'après les affaires du salut, et comme intéressant le salut. Soyez donc de ce côté sans trop d'inquiétude. J'ai fait ce matin une grande épreuve, et j'ai vu que le renversement définitif de toutes mes espérances pourrait bien briser mon cœur, mais non pas en arracher la résignation.

J'entendais la voix de mon père mourant : Sois généreuse !

X.

13 juin.

Il se nomme Darcet, — sans la moindre apos-
trophe, hélas ! Mais enfin il me semble que Darcet
n'est point un nom qui fasse faire la grimace.
Peut-être ma tante finira-t-elle par trouver que
cela sonne autant que Corbin, quoique Corbin,
à son goût, ne manque pas d'une certaine ru-
desse héraldique, et sente l'antiquité encore plus
que la roture. Dans un tournoi donné par le duc
de Bretagne, certain Corbin, d'Anjou, écuyer,
fit prouesse. Le moyen de douter que ce Corbin

soit nôtre, et tous les Corbins qui l'ont précédé ?
Quel service on me rendrait, chère Élise, si l'on
pouvait me montrer un Darcet aux croisades !

J'ai tort de plaisanter ma tante : c'est à elle
que je dois de savoir le nom de Germain. M. le
Curé vint hier passer la soirée à l'hôtel d'Aubecourt. J'avais remarqué, la veille, qu'il causait
dans la rue avec notre ami. J'amenai, à tout
hasard, la conversation sur les paroissiens, de-
mandant au *pasteur* s'il était content de leur
assiduité ; car c'est un sujet qu'il aime, et l'on
est son ami dès que l'on assiste régulièrement
aux offices. Or, Germain, sa sœur et sa mère,
sont à cet égard des modèles. Tous les diman-
ches ils entendent les petites heures, et le soir
on les voit arriver, dès le second coup de vêpres,
le livre à la main. J'espérais que le curé ferait
ressortir un si bel exemple, d'autant que M. de
Tourmagne était présent, et que l'excellent
comte, malgré sa dévotion sincère, esquive volontiers la grand'messe et ne paraît guère à
vêpres, lorsqu'il y paraît, avant la fin de *Magni-
ficat*. Malheureusement M. de Tourmagne voulut

se mettre tout de suite à couvert, et une bataille s'engagea sur les canons, décrets et ordonnances qui prescrivent l'assistance aux offices de paroisse. J'acquis là, en punition de mes crimes, une érudition que je ne désirais pas. Ces messieurs s'oublièrent jusqu'à parler latin ; mais ce fut alors que ma tante perdit patience. Elle prit chaudement parti pour la paroisse, et confondit M. de Tourmagne, en lui reprochant d'avoir manqué plusieurs fois à jeûner, faute d'être venu en recevoir l'avis au prône. M. de Tourmagne battit en retraite : il allégua le grand rôle des hommes dans la société civile, leurs occupations multipliées par suite des révolutions qui ont troublé l'Europe, et cent autres arguments, pour conclure que la longueur des offices n'est plus en harmonie avec les besoins de la civilisation. J'intervins là-dessus ; je me mis à crier au sophisme ; j'insinuai que M. le curé, qui connaît si bien ses paroissiens, ne serait pas embarrassé d'en citer plusieurs, tout aussi occupés que M. de Tourmagne, et qui néanmoins savent bien trouver le temps de venir chanter les louanges

de Dieu. « Certainement, dit M. le curé ; certainement... » Il n'ajouta rien ; nous vîmes trop
qu'il cherchait des noms à produire et qu'il n'en
trouvait pas. Le fait est qu'il n'y en a guère ;
c'est sur quoi j'avais compté. Ma tante, crai-
gnant de laisser le dernier mot à M. de Tourmagne, voulut aider l'ingrate mémoire du
pasteur.

« Par exemple, dit-elle, ce jeune homme qui
vient toujours avec sa mère et sa sœur, et qui
se tient si bien... Ne l'avez-vous pas remarqué..., auprès de nous... ; un peu au-dessous
du banc d'œuvre?... grand? Tu sais bien qui
je veux dire, Stéphanie ? — Ma tante?... » Je
baissai la tête sur ma broderie, sentant que je
rougissais. « Vous parlez de M. Darcet, s'écria
le curé, M. Germain Darcet ! Ah ! mon cher
comte, voilà qui vous condamne. M. Darcet !
comment n'y ai-je pas songé ! Un savant comme
vous, à la fortune près, qui n'a rien, je crois,
qu'une mère et une sœur à nourrir... C'est être
occupé cela ! Eh bien, jamais il ne manque les
offices. — *D'Arcet ?* dit ma tante ; je ne connais

point cette famille. — Ce n'est pas une famille, reprit le curé ; mais je défie qu'on trouve de plus honnêtes gens. C'est l'honneur même ; et, quant à la piété, rarement on en voit d'aussi solide. — Germain Darcet ? dit à son tour M. de Tourmagne, je ne sais où j'ai entendu prononcer ce nom. — Peut-être à l'Académie des sciences, continua le curé : M. Darcet est un homme véritablement instruit. Je crois qu'il a fait un livre, mais j'ai peur qu'il ne réussisse pas ; il est trop modeste et trop fier pour gagner des prôneurs. — Bah ! s'il a du mérite, reprit M. de Tourmagne, les prôneurs viendront d'eux-mêmes. Darcet ! Je suis sûr que j'ai vu ce nom-là quelque part. De quoi s'occupe-t-il ? — Je l'ignore. Il parle peu de ce qui le concerne. Je sais seulement qu'il a beaucoup voyagé. Mais, Madame la marquise, c'est presque votre compatriote ; il est Vendéen. — Ah ! fit ma tante ; sa piété alors ne m'étonne pas. Bon sang ne peut mentir. — Oui, acheva le curé ; son père était un propriétaire de campagne qui le fit parfaitement élever et qui n'eut que le tort de lui laisser peu de bien.

3·

D'accord avec sa mère, femme distinguée, notre jeune homme a dépensé une partie de sa fortune en voyages d'études. Son travail supplée à l'insuffisance du reste. »

La conversation changea d'objet, non par ma faute. Vous devinez si elle m'était agréable ! Ce n'est pas la dernière fois, je vous en réponds, qu'on aura parlé de M. Darcet dans le salon de Mᵐᵉ la marquise d'Aubecourt. Vendéen ! voilà un coup du ciel.

Adieu. Je cours chez mon libraire. Il me vient une idée merveilleuse, que je m'étonne de n'avoir pas eue plus tôt.

XI.

Voici ce que j'ai fait chez mon libraire, et je compte que vous ne refuserez pas un peu d'admiration au génie que je déploie

Après avoir acheté pour ma tante le plus beau des livres d'heures, je demande si l'on n'aurait pas un ouvrage de M. Germain Darcet. « Quel titre, Madame ? — Je ne sais pas le titre. — Madame a dit Germain Darcet ? — Oui. » Mon Dieu ! ajoutai-je en moi-même, cela n'est guère connu.

Cependant le libraire feuilletait ses catalogues. Tout à coup, comme illuminé, il prend une échelle, grimpe à une case lointaine, et saisit un volume assez gros dont il secoue la poussière : — *Les Pharaons d'après les hiéroglyphes ; fragments d'un voyage en Égypte*, par... Est-ce cela ? — N'en a-t-il pas fait d'autre ? — Non, Madame. — Eh ! bien, c'est celui-là.

Je m'emparai du volume avec joie ; je venais de faire réflexion que ce titre et ce sujet étaient les plus propres du monde à intéresser M. de Tourmagne, qui est fourré jusqu'au cou dans les hiéroglyphes. Je vis, d'un rapide coup d'œil, des pages fort agrémentées de grec, de latin, d'allemand, sans compter d'autres textes qui pourraient bien être de l'hébreu ou de l'égyptien. Bon ! Je payai vite, et j'emportai mon tome, bien assurée de ne pas m'endormir avant de l'avoir lu tout entier.

Véritablement je l'ai lu, et avec plaisir, sauf, bien entendu, l'hébreu et le grec ; car, pour le latin, dont les caractères ne se refusaient pas absolument à ma curiosité, je pense en avoir dévoré une partie, essayant de savoir ce que disent ces auteurs à qui mon ami Germain fait l'honneur de les citer. Mais je n'ai pas tant de mérite que vous pourriez le croire.

Bien que ce livre soit fort au-dessus de ma portée, puisque c'est tout à fait un morceau scientifique, l'auteur ne laisse pas d'y percer un peu. Plusieurs détails de voyage, qu'il est obligé de raconter, ont bien l'accent de son cœur. Dans l'introduction, il explique que certaines découvertes faites par lui vengent absolument la religion des erreurs et des mensonges d'un M. de Volney, que je ne connais pas, mais qu'il plaint d'être l'ennemi du christianisme. Vous trouverez que cela est noblement dit. Ailleurs, on voit, sans qu'il s'y arrête, combien il a bravé et vaincu de périls en courant ces pays affreux ; et, lorsqu'il dépeint la misère des habitants, on devine qu'il est admirablement bon. Sa conversation doit abonder de traits et d'histoires qui intéresseraient au dernier point ma tante. Quant à M. de Tourmagne, ou je ne connais plus le digne comte, ou ce livre fera ses délices. Aimant le livre, il aimera l'auteur. Je l'aime bien, moi qui ne suis d'aucune académie.

XII.

Rien de nouveau pour aujourd'hui. M. de Tourmagne est allé passer quelques jours aux champs, et je n'ai pu lui faire présent des *Pharaons*; mais demain nous aurons un événement d'importance. Demain... J'ai peine à gouverner ma plume en vous donnant cette nouvelle : demain, je vais... Tenez, dites-moi, chère Élise, si j'ai tort de croire que la Providence approuve mes desseins.

Nous remplaçons une femme de charge.

Comme surintendante, j'avais demandé à M. le curé quelque bonne créature à qui l'on pût remettre ce poste honorable et suffisamment avantageux. Il me répondit qu'il avait mon fait, et m'envoya ce matin une physionomie de quarante ans, un peu triste, mais la meilleure du monde, qui tout de suite m'agréa. Cette personne me dit qu'elle était veuve, tombée d'une position aisée, et qu'elle cherchait à servir pour nourrir ses enfants. Je me souvins de ma mère. Néanmoins, par prudence et pour remplir mon devoir, je demandai à cette pauvre femme si elle pouvait se recommander de quelque autre personne que M. le curé. « J'ai l'honneur, me dit-elle, d'être connue depuis longtemps de Mme Darcet, qui demeure dans ce quartier. Je suis de son pays, et elle a recueilli chez elle, par charité, ma petite fille, en attendant que je sois placée. »

A ces mots, je ne pus m'empêcher de regarder la postulante avec un certain air tendre, comme une pièce bien utile qui me tombait du ciel. Je lui donnai de bonnes paroles, lui disant

que Mme d'Aubecourt tiendrait certainemènt
très-grand compte de la recommandation de
Mme Darcet ; et j'allai consulter ma tante, à qui
je crayonnai un portrait de cette femme assez
attirant.

Il faut l'arrêter immédiatement, me dit-elle.
— Mais, observai-je, vous savez combien M. le
curé est confiant ; il cautionne quiconque lui
paraît malheureux. Avant d'accepter sa protégée, peut-être faudrait-il prendre quelques
bons renseignements. — Vraiment oui, répondit
ma tante. — Vous pourriez, continuai-je, envoyer chez Mme Darcet, de qui elle est connue,
et qui prend soin d'un de ses enfants. — Cette
Mme Darcet est admirable, remarqua ma tante ;
voilà de la charité ! L'enfant est chez elle ? —
Oui, ma bonne tante. — Cela fait bien honneur
à son fils, qui nourrit tout cela. Ce jeune homme
est un vrai chrétien !

Je laissai ma tante louer à son aise une si
parfaite bonté. Quand elle eut fini : — Qui
enverrez-vous chez Mme Darcet ? lui dis-je.
— Qui ? mais toi-même, Stéphanie.

Quoique j'eusse entrevu cette conclusion, je
ne pus me garantir d'une espèce d'éblouisse-
ment. Ma tante n'en devina point la cause. Elle
jugea convenable de me rassurer et de me faire
en même temps une leçon d'économie domestique. « — Rappelle-toi, ma fille, qu'il n'y a
pas de soin au-dessous d'une maîtresse de maison. Tu dois ne rien négliger pour savoir quels
sont les gens que tu emploies. Le linge et l'ar-
genterie seront dans les mains de cette femme
et sous sa garde. Il faut être sûr non-seulement
de sa probité, mais de son activité et de sa vigilance. Ma mère, la vieille marquise d'Aubecourt, se vantait avec raison de n'avoir jamais
été trompée. A soixante-cinq ans passés, elle
inspectait encore sa maison tous les matins, du
seuil au faîte, et je ferais de même si j'étais
moins souffrante. Ainsi donc, va chez Mme Darcet; je la tiens pour une femme de mérite, une
vertueuse femme. »

Elle ajouta beaucoup de choses, et je vis
qu'au fond Mme d'Aubecourt, qui est assez
sujette à s'ennuyer, ne serait pas fâchée d'avoir

quelques détails sur la famille Darcet... Mais,
pardon ! en considérant de plus près la paille
que je crois voir dans l'œil de ma tante, j'aperçois dans le mien je ne sais quoi qui ressemble
bien à une poutre. Oui, je suis pour le moins
aussi curieuse que ma tante de savoir comme
on vit chez nos voisins. Demain donc, je cau-
serai avec Mme Darcet. Que je voudrais être à
demain ! Si j'allais rencontrer Germain, pourtant... Sérieusement, cela me fait frémir. Oserai-je affronter cette rencontre ? Oh ! oui.

Il y a longtemps que je ne vous ai parlé de
l'aimable vicomte. Nous le voyons toujours,
mais il fait peu de progrès dans mon cœur, et,
si je ne me trompe, il baisse dans le goût de
ma tante. A vrai dire, je m'y emploie de toutes
mes forces ; même je crains d'y mettre un peu
de perfidie. Voici comment je procède. Le
vicomte aime à faire briller son esprit, qui ne
manque point de clinquant, et ce goût naturel
l'empêche de toujours bien peser ses paroles.
Tandis qu'il babille, je l'écoute, l'œil fixé sur
mon ouvrage, et j'attends l'occasion d'interve-

nir. Profitant de la connaissance que j'ai de son caractère et des antipathies de ma tante, par de petits mots lâchés à point, je le mets sur les chapitres où je prévois qu'il la choquera le plus. S'il s'enferre, je l'encourage par un sourire, par un air plus attentif; s'il rentre dans la bonne voie, je l'en tire opportunément. Son erreur capitale est de croire que c'est moi qu'il doit s'efforcer de charmer, et non ma tante. De là tous les faux pas où je l'engage.

Pauvre innocent vicomte! je lui pardonnerais le désir trop intéressé de m'éblouir, si j'avais moins peur de l'habileté de madame sa mère. Mais, quand j'examine cette *Madame*, je n'ai certes aucun scrupule de mes trahisons. Il me semble que j'use du droit de légitime défense, et que je peux devenir au moins couleuvre pour échapper à ce serpent.

Ainsi donc, je fais dire à l'aimable vicomte des énormités, et il pense être bien habile. Ne s'avise-t-il pas de faire le libéral, croyant que je nourris une admiration secrète pour les discours de M. Benjamin Constant! Vous voyez

d'ici les beaux dialogues où il se lance. Quant
à Mme de Sauveterre, je la pousse d'un autre
côté. Je fais parler, je fais japper, je fais cla-
pir le noble sang des Caniac de Périgord, et il
n'est sorte de mépris que je ne lui arrache, toujours sans paraître y toucher, sur le propos de
la roture et des mésalliances. Ma tante, qui
disait d'abord comme elle, finit cependant par
en être importunée. Caniac s'en aperçoit soudain, reste court, dissimule sa flottante ban-
nière, et je ris en moi-même.

En somme, je ne me trouve pas téméraire
d'espérer... je ne sais quoi!

XIII.

10 juin.

Avec quel battement de cœur je partis pour me rendre chez Mme Darcet! J'avais une extrême appréhension de rencontrer Germain. « Si c'était lui, pensais-je, qui vint m'ouvrir la porte? » Rien qu'à cette pensée je perdais déjà contenance. Je rencontrai bien Germain, mais dans la rue, heureusement. Je ne pus m'empêcher de rougir. Pour lui, absorbé par un livre, il passa sans me voir, l'insensible! J'entrai dans une petite cour dont l'aspect vous emporte à

cent lieues de Paris. On y voit, ombragé par
un olivier de Bohême, un puits à la mode an-
cienne, garni d'une vieille serrurerie très-ou-
vragée et couronné de chèvrefeuille et de hou-
blon. D'un côté, les giroflées fleurissent sur le
mur, de l'autre une belle vigne tapisse la moi-
tié du bâtiment. Au bout de la cour, à travers
une claire-voie ouverte entre deux lilas énormes,
s'épanouit un parterre plein de réséda, de jas-
min, de clématite et de roses. Des oiseaux ga-
zouillaient dans une cage suspendue à l'entrée
de la loge du concierge antique ; sous l'inspec-
tion d'un gros chat couché sur la margelle du
puits, quelques poules becquetaient l'herbe qui
pousse entre les pavés. Est-ce que ceci ne vous
peint pas la retraite d'un sage ? Quant à moi,
j'ai une disposition à aimer les gens qui choi-
sissent pour demeure ces maisons silencieuses
et fleuries.

Ayant traversé la cour, je montai un escalier
doux et propre, éclairé sur le jardin par de
petites fenêtres que ferme un rideau de vigne
pressé du soleil et du vent.

Je sonnai au premier étage ; un pas pesant se
fit entendre. Mme Darcet elle-même vint ouvrir,
appuyée sur l'épaule d'une petite fille qui se
serrait contre elle, en me regardant de tous ses
yeux.

La petite tenait un livre, Mme Darcet tenait
lunettes. Ce groupe me rappela un tableau ita-
lien représentant la sainte Vierge et sainte
Anne, et me fit juger que j'interrompais une
leçon de lecture. Mme Darcet, assez étonnée de
mon visage, dut l'être encore plus de l'embarras avec lequel je déclinai le nom de ma tante
et lui demandai la permission de l'entretenir
un moment. Elle m'introduisit dans une
chambre spacieuse, sobrement meublée. « Je
vous demande pardon, me dit-elle, de ne pas
vous recevoir chez moi ; les ouvriers m'en ont
chassée. »

Elle n'avait pas besoin de m'apprendre où
j'étais. Un vaste bureau couvert de papiers,
des sphères, des armes orientales, des livres
entassés, me désignaient assez la chambre de
Germain. Je ne m'en sentis pas beaucoup plus

d'assurance. Néanmoins, la bonne dame avait
l'air si engageant, que j'expliquai couramment
l'objet de ma visite, tout en faisant sous cape
l'examen des lieux.

M^mo Darcet me rendit le meilleur témoignage
de sa protégée, disant qu'en conscience elle ne
lui connaissait d'autre défaut que d'aimer un
peu à causer. Comme je pourrai bien utiliser ce
défaut-là, j'en fis bon marché.

Je m'étais mise à l'aise; je multipliai les
questions, au risque de me rendre indiscrète.
Je ne voulais point m'en aller si vite, et j'espérais voir paraître Mlle Darcet. On répondit pa-
tiemment à mes demandes; on m'assura de
mille manières que nous ferions une bonne
acquisition. J'en étais persuadée; mais Mlle Darcet ne paraissait pas. Je priai M^mo Darcet de
me dire si la petite fille que je venais de voir
n'était pas celle de notre nouvelle femme de
charge. « Oui, me répondit-elle; nous l'avons
prise dans un moment où elle était un peu
malade, et nous l'avons gardée. — Je pense,
dis je, que ma tante trouvera bon qu'elle vienne

demeurer avec sa mère. — Nous ne voudrions
pas, reprit Mme Darcet, priver cette petite d'une
protection meilleure que la nôtre, mais son
départ nous fera quelque peine. Ma fille s'y est
attachée, et sa gentillesse distrait mon fils. —
Monsieur votre fils se livre à des travaux fort
sérieux, Madame? — Oui, Mademoiselle, fort
sérieux... et fort ingrats, ajouta-t-elle avec
un sourire un peu triste; mais son esprit et son
courage s'y plaisent. Si je n'ai pas la joie de le
voir célèbre, j'ai du moins le bonheur de le voir
content. — Le monde, dis-je, peut ignorer
quelque temps le mérite; Dieu n'oublie jamais
la vertu. — Bonne parole, Mademoiselle, »
remarqua obligeamment Mme Darcet en se levant
pour m'accompagner; car, bien à regret, je me
retirais enfin.

O bonheur! dans le moment que j'ouvrais la
porte, une nuée qui depuis longtemps s'épais-
sissait et noircissait le ciel, crève avec de grands
coups de tonnerre. Voilà un orage affreux qui
éclate, un déluge qui tombe. Mme Darcet ne
pouvait sans inhumanité me laisser sortir; elle

3**

me ramène gracieusement dans la chambre de Germain, et nous reprenons notre causerie. Je lui demandai si elle se plaisait à la paroisse. Elle me répondit, en souriant, qu'elle n'avait pas encore trouvé de paroisse qui lui déplût, pas même celle de Smyrne. Je me récriai. Elle m'apprit qu'elle avait bien eu le courage d'aller toute seule à Smyrne, chercher son fils gravement malade. Entraînée par ce cher sujet, elle se mit, sans y prendre garde et sans avoir aucunement besoin d'être poussée, à me conter sur Germain mille choses que j'écoutai avec délices. Les bons cœurs! Elle a quitté sa province et une sœur très-aimée pour venir avec sa fille s'engouffrer dans Paris, afin de tirer son fils d'un isolement qui le faisait souffrir.

Comme je remarquais que ce grand changement d'habitudes avait dû lui être pénible à son âge : « Un tel fils, me répondit-elle, tient lieu de tout. C'est à son absence qu'on ne s'habitue pas. Quand je songe aux longues années qu'il a passées au milieu de tant de périls, et moi au milieu de tant d'angoisses, je crois être toujours au premier moment de notre réunion, et je suis toujours heureuse. » Là-dessus, je m'étonnai qu'elle eût pu le laisser partir. « Vous pensez bien, reprit-elle, que ce ne fut point sans combat, mais je crus que Dieu le voulait ainsi. C'était une de ces plantes fortes qui ne croissent et ne fleurissent qu'au grand vent. Il se serait consumé lui-même dans la vie ordinaire. Je crois d'ailleurs qu'il n'a rien fait d'inutile. Les connaissances qu'il a si laborieusement acquises serviront à la gloire de la religion, et même, plus tard, à la sienne... C'est égal, Mademoiselle, il faut encore que la sainte Vierge se mêle de consoler les mères les plus heureuses dans leurs fils! »

Toutes ces paroles m'allaient au cœur. Je n'avais garde de laisser languir l'entretien. « A présent, repris-je, vous êtes au moins bien revenue de vos alarmes? — Mon fils et sa sœur, poursuivit-elle, m'ont fait une sorte de paradis. Il n'y a point, dans ma province, de maison plus tranquille que cette maison, ni de famille plus constamment réunie au foyer. Ma fille étudie et m'aide au ménage, Germain travaille, la petite apprend à lire, et le soir nous nous réjouissons tous quatre du bonheur de nous aimer. Que de gens ne pourraient croire qu'on soit heureux à si peu de frais ! — Je ne suis pas de ces gens-là, » m'écriai-je, fort embarrassée d'une larme indiscrète qui, malgré moi, venait obscurcir mes yeux.

Pour mo distraire de cette émotion, ou plutôt pour la cacher, je promenai mes regards dans la chambre. Elle exprime bien le caractère de l'homme qui l'habite : un crucifix placé en face de son bureau ; des armes qu'il a portées dans ses voyages, étant obligé de revêtir le costume asiatique ; le portrait de sa mère et celui de sa sœur, très-finement dessinés par lui-même ; et entre ces deux portraits, la branche de buis bénite au jour des Rameaux. Joignez-y ces livres amoncelés partout, voilà le savant, voilà le chrétien, le bon fils, l'homme plein de cœur ; voilà mon ami Germain !

Mais deux autres cadres attirèrent mon attention, et me faisant mieux connaître encore le fils de Mme Darcet, me le rendant, s'il est

possible, plus cher, me déterminèrent à
une action qui engage définitivement ma vie.

Dans un coin j'aperçus des fleurs parfaitement peintes, et, sous ce tableau, un *canevas*,
tel qu'on en fait remplir aux petites filles qui
apprennent à marquer, contenant les vingt-
quatre lettres de l'alphabet, les dix chiffres, et,
pour terminer la ligne, d'un côté un oiseau, de
l'autre un arbuste dans sa caisse ; le tout entouré
de baguettes un peu dédorées par le temps. Ce
chiffon, dans ce grave cabinet, me fit sourire.
« Je vois, dis-je à Mᵐᵉ Darcet, par pure distraction, le premier ouvrage de mademoiselle
votre fille, et sans doute que ces belles fleurs
sont aussi de sa main? — Non, me répondit-
elle ; mais ces deux objets n'en sont pas moins
très-précieux à mon fils. Ils lui rappellent
ensemble une époque douce de sa vie, et l'un
des très-grands chagrins qu'il ait éprouvés. Les
fleurs ont été peintes pour lui, par une dame
allemande, femme de grande vertu, qu'il avait
eu l'honneur d'assister dans d'effroyables revers,
et qui est morte — Et le *marquoir ?* murmu-

3⁂

rai-je, respirant à peine. — Le marquoir lui a
été naïvement donné par la fille de cette dame ;
une enfant charmante, qu'il chérissait et dont
il était en quelque sorte le père adoptif. Nous
n'avons pu savoir ce que cette pauvre petite est
devenue. Germain l'a pleurée comme s'il avait
perdu sa sœur. »

Je pâlissais, je ne pouvais plus me soutenir,
je fus obligée de m'asseoir. « Vous souffrez,
Mademoiselle ! » s'écria Mme Darcet fort effrayée.
Elle courut ouvrir la fenêtre et voulut appeler
ma femme de chambre, restée dans une autre
salle. Je la retins sans parler, la regardant avec
tendresse, les yeux baignés de larmes et serrant
ses deux mains. Son vénérable visage exprimait l'étonnement, la compassion, l'inquiétude.
A travers mes larmes, je souriais ; une immense
joie inondait mon âme. Nous restâmes ainsi
quelques instants, elle debout, moi assise.

Enfin, je pus parler. Je me levai et je lui dis
avec une émotion solennelle : « Madame, au
nom de tout ce que vous avez de plus cher,
pour le bonheur de votre fils, je vous conjure

de garder un secret absolu sur ce que vous allez entendre. — Parlez, Mademoiselle, me dit-elle, extrêmement émue à son tour.

— Eh bien ! Madame, continuai-je, ne pouvant plus me contraindre, cette enfant, la pauvre petite fille de cette vertueuse dame que Germain a secourue et sauvée, elle se nommait Rosalie Corbin, n'est-ce pas ? — C'est son nom, dit Mme Darcet au comble de l'étonnement. — Elle existe, m'écriai-je, elle est riche, elle est chrétienne, elle est reconnaissante, et elle ne forme pas d'autre vœu que de vous appeler sa mère. Je suis Rosalie !... »

A ces mots, je me jetai dans ses bras ; elle me rendit tendrement mes caresses. « Quoi, mon enfant, vous seriez... ? — Oui ! bonne mère, je suis Rosalie Corbin ; je suis cette pauvre Rœschen que Germain aimait tant. Et s'il m'aime toujours, je veux être votre fille. — Certes, non, mon enfant, me répondit-elle, n'entendant point ma pensée. Que Germain va être heureux de retrouver sa seconde sœur ! — Chère Madame, lui dis-je, n'oubliez pas ma prière et votre promesse. Nous avons besoin d'un impénétrable secret. Devant votre fils, aussi bien que devant tous les autres, je ne suis que la nièce de la marquise d'Aubecourt. Rosalie Corbin n'est pas encore retrouvée, excepté pour vous. Germain a une sœur parfaite ; je désire une autre place dans son cœur. Quand je n'étais qu'une enfant pauvre et sans appui, il pensait que je pourrais devenir sa femme. Il l'a écrit à ma mère. Ce qu'il pensait dans ce temps-là, je le pense aujourd'hui. »

Mᵐᵉ Darcet, stupéfaite, parut se demander si je n'étais point folle ; mais je lui prouvai que j'avais ma raison. Elle m'avoua qu'ayant souvent désiré de marier son fils, le parti que je proposais ne lui déplairait pas ; bien au contraire. Quant aux objections, je les levai l'une après l'autre, et sans peine. « Qu'avez-vous à craindre ? lui dis-je. Germain ne saura rien. Nous conspirerons pour son bonheur, sans le tirer de son repos. Si je réussis à le faire agréer de ma tante, ce qui est difficile, mais non pas impossible, il n'aura que la peine d'accepter ou de refuser. Si j'échoue, il ne sera nullement

engagé ; nos démarches ne l'auront point empêché de s'établir. Pour moi, je l'aime et je
n'aurai jamais d'autre époux. Le pire qui puisse
m'arriver est de rester auprès de ma tante, dans
une situation que sa bonté et notre mutuelle
affection rendent très-douce, ou de me retirer
plus tard au couvent. C'est à quoi je songe sans
le moindre effroi. Dieu daignera toujours et
partout m'apprendre à supporter des peines
dont la source n'aura rien de coupable. »

Quelle mère ne se serait pas rendue à ce langage ? Mme Darcet m'embrassa de nouveau et
me promit son appui. De mon côté, je m'engageai à la consulter autant que je le pourrais.

« Maintenant, ajoutai-je, je voudrais bien
voir mademoiselle votre fille ; ne va-t-elle pas
venir? — Jeanne, me répondit la bonne dame,
est chez votre femme de charge, qui lui a recommandé deux ou trois pauvres malades, ses voisins. Elle y restera peut-être quelque temps,
et je crains de voir arriver Germain. — Alors je
m'enfuis, m'écriai-je. Il me semblerait, si je le
voyais, que j'ai fait une action trop hardie.

Mais allons chercher Mlle Darcet. J'annoncerai
à votre protégée sa nouvelle situation ; nous
reviendrons ensemble, et vous serez remise du
trouble où vous ont pu jeter mes confidences. »

Elle y consentit ; nous partîmes. Ah ! j'étais
bien fière de la sentir appuyée sur mon bras !
Pendant que nous descendions lentement l'escalier, ma femme de chambre avait fait avancer
une voiture de place. Nous arrivâmes prompte-
ment où nous devions trouver Jeanne. Je crus
pénétrer dans le triste réduit qui vit mourir mon
père. Mlle Darcet achevait de faire le lit d'une
pauvre vieille infirme, que la femme de charge
soutenait à l'air et au soleil.

J'ai quelquefois visité les malades, mais, je
l'avoue à ma honte, je ne me suis jamais avisée
de pousser la charité jusqu'à retourner leur lit.
En s'acquittant de cette héroïque besogne,
Mlle Darcet avait une bonne grâce, un air de
contentement qui accrurent le goût que je me
sentais pour elle. Après lui avoir dit pourquoi
j'étais venue, ce qui ravit son assistante, comme
vous pensez bien, je lui demandai la permission

de l'aider. Nous recouchâmes la pauvre vieille, qui nous promit de prier pour nous. Je vidai ensuite ma bourse dans les mains de Jeanne, et l'innocente me crut bien généreuse. Enfin je ramenai ces dames chez elles. Tout cela fera, je l'espère, entre Jeanne et moi, un bon commencement d'amitié. Je suis ravie de cette aimable Jeanne. Vous ne sauriez rien imaginer de plus simple, de plus gracieux et de plus attachant; elle a des paroles qui vous remuent le cœur, qui sont à la fois gaies, touchantes et pleines de raison. Vraiment Mme Darcet est bénie du bon Dieu. Si je ne sortais d'où je sors, je craindrais de déparer la famille.

Voilà, chère Élise, un long récit et une sérieuse aventure. Ai-je bien, ai-je mal agi? Tout ce que je puis dire, c'est que je recommencerais. Je n'ai aucun regret d'avoir suivi l'impulsion de mon cœur.

Mais je ne vous ai pas raconté toute cette grande journée, qui s'est terminée par un entretien assez important avec ma tante. A demain.

XIV.

Hier, après dîner, je sus intéresser Mme d'Aubecourt, en lui rendant compte de ma visite
chez Mme Darcet et chez la femme de charge.
Elle admira cette simplicité patriarcale de
Mme Darcet, ce beau caractère de Germain, cette
charité de Jeanne, ce mutuel amour entre eux.
J'obtins de sa bonté tout ce que je voulus pour
la pauvre vieille ; et, ce qui ne me fit pas moins
de plaisir, elle me témoigna, puisque j'avais
tant de goût pour Jeanne, qu'elle me verrait

très-volontiers en faire mon amie. Cette facilité
ne doit point vous étonner : Mme d'Aubecourt
est confiante, enthousiaste et bonne; elle craint
toujours que je ne m'ennuie; elle aime les gens
de bien. Elle sera aussi charmée de me voir
pour intime amie la vertueuse Jeanne, qu'elle
serait indignée d'apprendre que je songe à épouser le roturier Germain. Mon Dieu! si je ne voulais que faire donner à Germain une bonne
place, rien ne serait plus facile : la marquise y
userait son crédit et ses chevaux.

Nous causions donc de bon cœur, lorsqu'on
annonça Mme de Sauveterre et le vicomte Henri.
Je leur sus mauvais gré, je le confesse, de
paraître en ce moment-là. Que viennent-ils
faire? Que me veulent-ils? Comment ai-je mé-
rité qu'ils menacent toujours mes plus chères
espérances? Enfin, il me sembla que cette belle
dame et ce beau fils me rendaient victime d'une
injustice extrême, et je n'attendis que l'occasion de leur jouer quelque tour. Je la trouvai.
L'on vint à parler d'une jeune marquise, pré-
sentée ces jours-ci à la cour, où elle se montre

4

un peu fière de sa couronne à trèfles, et qui n'est que demoiselle Corbec, fille d'un notaire normand. Le sang de Caniac bouillonnait. Je lui fis sentir l'aiguillon ; il éclata comme un orage, en sarcasmes de toute espèce. Or, de Corbec, notaire, à Corbin, avocat, la différence est peu de chose, et les grêlons de Mme de Sauveterre, sans en excepter le moindre, traversant et déchirant le pauvre Corbec, n'en tombaient que plus dru sur Corbin totalement meurtri.

Je m'en apercevais bien, et j'avais l'âme assez bonne pour en souffrir ; mais Mme de Sauveterre, animée au jeu, ne tarissait pas. Un regard de son fils, qui pénétra enfin le mécontentement de Mme d'Aubecourt, et qui en pâlit, l'avertit trop tard. Elle avait encore Corbec à la bouche, quand ce regard lui remit Corbin en mémoire. Oh ! la plaisante figure qu'elle fit devant cette Méduse ! Elle perdit son assurance, rougit, balbutia, entassa maladresse sur maladresse, et partit suivie du vicomte, sans avoir pu reprendre l'équilibre. Ma tante, outrée, attendit à peine qu'ils eussent gagné l'antichambre.

« Quel fat et quelle folle ! » s'écria-t-elle.
Je ne répondis pas. « On pardonnerait encore,
poursuivit Mme d'Aubecourt, tant d'orgueil s'il
mettait ces orgueilleux à l'abri des bassesses
communes ; mais pour obtenir l'argent de ces
roturiers qu'ils dénigrent, il n'est point de com-
plaisances où ne descende leur blason. — Je
crois, dis-je, que si M. Corbec avait offert sa
fille et son million à M. le vicomte de Sauveterre, les Caniac de Périgord ne seraient point
sortis du tombeau pour empêcher cette mésal-
liance. — Non, certes ! reprit ma tante, et
plutôt ils auraient gardé le mulet dans l'étude
du notaire. — La vanité de Mme de Sauveterre
est amusante, continuai-je ; cependant je la
plains quand je vois combien d'honnêtes gens
elle se prive d'estimer, parce qu'ils ne sont pas
d'assez noble origine. Avec de tels sentiments,
M. le marquis d'Aubecourt, mon bon oncle,
n'aurait jamais connu mon grand-père, et il lui
en aurait coûté la vie, ou tout au moins le
bonheur. »

Je n'avais hasardé qu'en tremblant, au milieu

de beaucoup de caresses, cette dernière réflexion. Ma tante la prit bien. « Tu es une vraie Corbin, me dit-elle, et tu te connais en noblesse comme M. d'Audecourt, qui valait tous les Caniac du monde. La noblesse est sans doute dans le nom et dans le sang, mais elle est aussi dans l'âme. C'est la bonne qui se trouve là. Crois-tu qu'une digne femme, comme Mme Darcet, n'est pas cent fois plus noble que cette ambitieuse comtesse de Sauveterre... et d'Escarbagnas? — Mme Darcet a bien de la vertu, repliquai-je modestement.— Et son fils, ajouta ma tante, n'est-il pas en tout supérieur à ce petit sot de vicomte, qui trouve plaisant, pour se distinguer, de faire le jacobin? »

Je vous assure que je fus étourdie de ces derniers mots, et que je pensai suffoquer dans la joie que j'en ressentis. Il ne s'en est fallu de rien que je ne me misse à en dire très-long sur le compte de M. Darcet. Mais, satisfaite de voir hors de combat Mme de Sauveterre et M. son fils, je gardai sagement le silence. Ma tante n'est pas encore, quoi qu'elle en dise, tellement persuadée des suprêmes mérites de la roture, que je n'aie plus aucun danger à courir de ce côté-là. Je la connais : il faudra de grands événements pour que Corbin l'emporte sur d'Aubecourt.

XV.

22 juin.

M. de Tourmagne est enfin revenu. A peine
eut-il complimenté ma tante, que je le tirai à
l'écart. Je lui déclarai d'abord qu'il paraissait
fatigué, qu'il n'était point sage ; qu'il allait à la
campagne pour se reposer, mais qu'il y perdait
son temps à travailler comme un ambitieux, et
qu'on le voyait revenir tout pâle. Il sait combien
je l'aime ; néanmoins ces marques d'intérêt lui
plaisent toujours. Il avoua qu'il s'était rompu la
tête, et qu'une malheureuse inscription à demi

effacée, qu'on interprète mal, le faisait endiabler.
« Si c'était, lui dis-je d'un air dégagé, une inscription égyptienne, je pourrais peut-être vous
aider.— Ouais ! fit-il en souriant.— Parlez en
ami, monsieur le comte, poursuivis-je du même
ton. S'agit-il d'un Ptolomée ou d'un zodiaque ?
Votre inscription vient-elle de Memphis ou de
Thèbes ? Vous voyez une jeune personne qui a
chez elle, depuis huit jours, un régiment de pharaons, et je suis prête à leur demander tous les
éclaircissements qui pourraient vous obliger. —
Eh bien, ma belle, il s'agit précisément du zodiaque.— Du petit zodiaque, sans doute ? celui-
là seul est embarrassant. — Ah ! vous n'êtes point
embarrassée du grand zodiaque, vous ? — Nullement. Pensez-vous que je me laisse prendre au
coq-à-l'âne de M. Dupuis ? Ce monsieur-là ne
connaît pas le premier jambage de l'écriture pho-
nétique. Ce qu'il dit du grand zodiaque ne mérite pas la moindre considération, et je m'en
soucie comme de la généalogie d'un Caniac de
Limousin. Quant au petit zodiaque, sachez qu'il
n'a ni quinze mille ans, ni huit mille ans, ni

même dix-huit cents ans. Il fut fabriqué sous un proconsul de Rome, et il est postérieur de cent ans à l'ère chétienne.— Pouvez-vous me prouver cela ? s'écria M. de Tourmagne avec un sérieux qui me fit rire, mais dont je fus charmée. — Tout de suite, repartis-je ; la chose ne tient qu'à un mot grec. — Quel mot ? — Ah ! je n'ai pas pu le lire ; mais vous serez plus heureux. Je vais vous le chercher. »

Je courus à mon appartement et j'en rapportai le livre de Germain. « Tenez, lui dis-je, monsieur, vous m'accusez de ne point penser à vous, et voici un livre que j'ai acheté pour vous. On parle du zodiaque à la page 300 ; vous verrez si M. Dupuis et M. de Volney ont leur compte. »

C'est une terrible chose d'avoir un secret ! On croit toujours que chacun le devine. Après avoir lu des yeux le titre du livre, et tout haut le nom de l'auteur, M. de Tourmagne me jeta un regard scrutateur et surpris, ou que du moins je trouvai tel, qui m'embarrassa, et qui depuis me donne fort à penser. Je fis bonne contenance.

« Il m'en coûte six francs, dis-je ; mais livrez-
moi le petit dieu chinois que vous m'avez refusé
plusieurs fois, afin que je le trempe dans l'eau
bénite, et que je le place sur ma cheminée ;
je vous tiendrai quitte.— Ce livre me paraît fort
savant, reprit M. de Tourmagne en feuilletant le
volume. Je m'étonne de n'en avoir pas entendu
parler. En tout cas, je le rencontre à propos. Vous
aurez le dieu chinois, ma chère Stéphanie.—
Ah ! que je suis contente ! m'écriai-je ; vous
saurez toujours, je le vois, me traiter en ami. —
Soyez-en sûre, poursuivit M. de Tourmagne d'un
ton sérieux. Mais dites-moi, ma chère enfant,
est-ce que vous avez lu tout ce volume ?—Oui,
lui répondis-je, et il m'a intéressée. D'ailleurs, je
voulais voir s'il était assez difficile à comprendre
pour mériter de vous être offert ; et puis je tenais
au dieu chinois. — C'est égal, observa M. de
Tourmagne, il y a là-dedans beaucoup de grec et
beaucoup de mathématiques. Je félicite l'écrivain
qui sait se rendre agréable à travers tout cela. »

Ce dernier trait faillit me déconcerter. Je payai
d'audace. « Écoutez, monsieur le comte, dis-je

4*

en confidence, j'ai eu l'occasion de voir Mme Darcet ; je vous assure que c'est une femme admirable. Je voudrais vous intéresser à son fils. —
Vous m'y trouverez très-disposé, ma chère Stéphanie, répondit le comte avec bonté. Ce livre me
paraît vraiment très-curieux et très-bien fait. »

Je me suis retenue d'embrasser M. de Tourmagne. Si je lui avais montré toute ma reconnaissance et toute ma joie, je lui en aurais trop
dit. Peut-être déjà est-il au moment de voir plus
clair que je ne le désire encore. Il a bien de la
finesse, et je m'aperçois que je n'en ai guère.
Mais que m'importe, après tout, s'il soupçonne
un mystère que je peux avoir bientôt à lui
révéler moi-même ? Il n'est épris ni de Caniac ni
de Sauveterre ; il est loyal, discret, sage ; il
m'honore d'une grande affection. Véritablement,
je ne serais pas fâchée de sentir ses yeux sur moi.

XVI.

J'abordai Jeanne et sa mère au sortir de la messe, et je les reconduisis jusqu'à leur porte, en causant de la pauvre vieille, qu'il s'agit de faire entrer dans un bon hospice où elle finira doucement ses jours. Je demandai ensuite à Mme Darcet la permission d'emmener Jeanne, à quoi l'une et l'autre consentirent ; car Jeanne me témoigne franchement la sympathie que j'ai pour elle. Je trouvai moyen de glisser dans l'oreille de Mme Darcet que tout allait au mieux, et,

d'un pied léger, Jeanne et moi, toutes deux très-
contentes, nous gagnâmes l'hôtel d'Aubecourt.
Dès qu'elle en eut franchi le seuil, il me sembla
que je venais de remporter une grande victoire,
et que c'était une brèche par où Germain passera
bientôt.

Ce triomphe me rendit toute gaie ; ma gaieté
excita celle de Jeanne, et nous nous mîmes à
jaser comme deux oiseaux. En vrai conspirateur,
ne perdant jamais de vue mes desseins, j'eus
bientôt fait d'attirer ma nouvelle amie sur le propos de sa famille. Jeanne est discrète ; néanmoins
je ne laissai pas d'attraper sur le cher frère certains détails que j'aurai soin d'utiliser. Germain,
presque seul, fait marcher la maison, le vaillant
homme ! Il travaille pour les libraires-éditeurs
de livres grecs ou latins, ce qui le fatigue beaucoup et l'empêche de perfectionner un grand
ouvrage dont il s'occupe depuis longtemps.

« Nous avons du malheur, me dit Jeanne. Le
premier livre de mon frère a échoué. Germain
n'a pu prendre sur lui de faire certaines démarches ; son travail est étouffé par des hommes

puissants dont il contrarie les systèmes, et cela
refroidit beaucoup les éditeurs. Il faudrait aller
d'un côté, de l'autre, solliciter les journaux, im-
portuner tout le monde. Mon frère n'en a ni le
temps ni la volonté. — Il est donc découragé ?
dis-je. — Lui ! s'écria Jeanne ; il ne sait pas ce
que c'est que le découragement, et je puis bien
dire qu'à nous trois nous formons une société où
ce sentiment-là ne pénètre jamais. Mon frère
assure qu'un savant ne mérite pas d'être connu
avant d'avoir des cheveux gris, et même d'être
chauve. Nous en prenons notre parti. Nous disons
comme les charbonniers dans leur poudre noire :
C'est le métier qui veut ça ! D'ailleurs, nous sommes si heureux ! Nous avons tous notre emploi,
que chacun remplit avec zèle au profit de la com-
munauté. Mon frère gagne, ma mère admi-
nistre, moi je dépense et je fais rire, chose tout
à fait utile aux savants. Tenez, mademoiselle,
Dieu est bon ! Sans me vanter, l'ennui et la
tristesse ne sont pas moins inconnus chez nous
que le découragement. — Mais qui donc pourrait protéger votre frère ? — Le ministre de

l'Instruction publique, je crois ; je n'en suis pas
très-sûre. Il me semble que mon frère a demandé
qu'on imprimât son livre à l'Imprimerie royale.
On ne lui a pas même répondu ; et c'est bien
naturel, dit-il, puisqu'on ne le connaît point.
Il fera imprimer à ses frais. »

Nous parlâmes d'autres choses, d'une quantité d'autres choses, car je désirais que Jeanne
pût oublier ce qu'elle m'avait dit, et nous nous
quittâmes enchantées de notre entretien.

Or sus, madame Elise, ma fidèle amie ! vous
l'avez entendu : le ministre de l'Instruction publique pourrait protéger l'auteur du beau livre
intitulé *Les Pharaons*, M. Germain Darcet, demeurant à Paris, rue..., n°... Vous êtes parente
du ministre ; je n'ai besoin de rien ajouter. Vite,
vite, écrivez, pressez, suppliez, ordonnez, impor-
tunez. Hélas ! faites qu'au moins M. Darcet retire quelque fruit de ses bienfaits et de ma reconnaissance. J'ai lu dans un journal, l'autre jour,
que le ministre venait d'acheter, pour le donner
à toutes les bibliothèques de l'État, je ne sais
quel livre dont je ne veux dire aucun mal, mais

qui certainement ne vaut pas mes *Pharaons*. Ne peut-il en faire autant pour ces souverains de l'Égypte ? Quel que soit leur mérite, on a toujours pensé qu'ils avaient au moins droit à une sépulture honorable. Le ministre a mille moyens d'aider un auteur : il peut lui faire une pension, il peut le présenter au Roi, lui donner une place, le faire imprimer à l'Imprimerie royale. Oh ! si j'étais ministre, que je ne serais pas embarrassée de m'attirer les bénédictions de Jeanne et celles de Rœschen ! Je me recommande à votre bon cœur. Quant aux journaux, l'intendant de Mme d'Aubecourt sollicite la protection de ma tante, et un peu la mienne, pour un de ses parents qui est journaliste. Nous verrons si celui-là ne saura pas faire un article. Vous riez de moi...? Il est sûr que j'ai plus de plans dans la tête qu'un personnage de comédie.

XVII.

Je vous remercie de vos soins, mon amie, et je prie Dieu de les faire réussir pour me consoler d'une grande inquiétude qu'il m'envoie.

Ce matin, ma femme de chambre m'apporte un journal que l'intendant l'a priée de me remettre. Je l'ouvre, et j'y vois un beau long article où l'on fait tous les éloges du livre de M. Germain Darcet : que c'est un ouvrage fort savant, très-bien écrit, plein de choses neuves ; enfin je crois que moi-même je n'y saurais rien ajouter.

Le journaliste qui juge si bien les livres de mes
amis peut compter sur l'appui de ma tante. Me
voilà donc charmée d'avoir réussi en ce point,
d'autant que, de la façon dont j'ai su m'y prendre, je ne redoute aucune indiscrétion. Je me
faisais une idée riante du plaisir qu'éprouve-
raient, en lisant cet article, et Jeanne et Mme Darcet, et peut-être même le stoïque Germain,
lorsque, jetant les yeux sur le reste de la feuille,
je lus que le Roi venait d'élever à la dignité de
pair de France, qui ? M. de Sauveterre !

Hélas ! je ne souhaite assurément rien de
funeste aux Sauveterre ; mais le Roi leur fait cet
honneur bien mal à propos. J'avais relu deux
fois l'article qui parle de Germain ; je relus dix
fois cette nouvelle. Si Mme de Sauveterre, dans
son nouveau rang, a toujours les mêmes intentions sur moi ou plutôt sur mon héritage, le Roi
lui donne là de quoi se relever singulièrement
aux yeux de ma tante. Ses impertinences de l'autre jour seront oubliées. Ma tante pourra-t-elle
supporter que je refuse d'être pairesse ? Et que
d'esprit, que de bon sens, que de solidité cette

pairie, qui l'attend à son tour, va tout à coup donner au vicomte ! Il aura beau jouer le jacobin, ce ne sera plus qu'une aimable étourderie dont on prédira qu'il saura se défaire avec l'âge. Et, dans le fait, si c'est un défaut d'avoir une opinion quelconque sur quoi que ce soit, le gracieux vicomte n'a vraiment point ce défaut-là, ou du moins n'en est pas responsable.

Enfin, il faut vouloir ce que Dieu veut ! Une chose sûre et consolante, c'est que le Roi peut bien faire des pairs de France, mais non pas me forcer de les épouser. Si donc Mⁿᵉ de Sauveterre vient déranger mes projets, de mon côté je saurai faire avorter les siens. Et par la voie de la femme de charge, la plus mystérieuse personne qui soit au monde, malgré son goût pour la conversation, j'envoie à Mⁿᵉ Darcet ce journal et cet article, destinés à embellir une de ses journées. Pauvre mère ! Elle fera mille châteaux sur l'éloge des *Pharaons*, et elle lira, sans y prendre garde, ces deux lignes relatives à M. de Sauveterre, ce serpent caché qui va piquer d'un noir venin nos espérances, et peut-être les anéantir.

XVIII.

Je commençais à m'inquiéter du silence de
M. de Tourmagne, qui ne me disait mot des
Pharaons. Ce matin, à tout risque, je l'aborde :
« Monsieur le comte, mon livre vous a-t-il déplu ?
Vous ne m'en parlez point. — Quel livre, ma
toute belle ? — Le livre du zodiaque. — Ah !
vous voulez dire le livre de M. Darcet ? Je dîne
ce soir avec l'auteur. »

N'admirez-vous point, chère Élise, que je
puisse soutenir de tels dialogues sans changer

de visage ? Aussi ne voudrais-je nullement
répondre que je n'en change pas un peu. Ce qui
suivit mit mon sang-froid à la plus rude épreuve.

« Je croyais, repris-je, que M. Darcet n'avait
pas l'honneur d'être connu de vous. — Nous
avons fait connaissance, répondit le comte. Son
livre annonçait une bonne âme ; j'ai voulu voir
si le livre disait vrai. — Eh bien ? dis-je avec un
empressement peut-être trop significatif. — C'est
que, continua malignement M. de Tourmagne,
il ne faut pas s'en rapporter aux livres. On s'y
peint en beau. Souvent, à la place d'un héros de
courage et de générosité, vous trouvez un gri-
maud tout bouffi et tout malade d'une vanité gro-
tesque. Rien n'est plus ordinaire. Les écrivains...
Qu'avez-vous donc ! On dirait que je vous épouvante... — Moi ! monsieur le comte ? » Et c'est
qu'en vérité le méchant me déchirait le cœur.
« — Oui, poursuivit-il, vous me faites une mine
effarée. On voit bien que vous ne fréquentez point
les auteurs. Mais M. Darcet n'est pas du tout de
cette espèce. Quoiqu'il écrive à merveille, il est
surtout savant et le plus modeste des hommes.

Je lui ai demandé son amitié. — Ah ! m'écriai-je,
que je connais des personnes qui vont être heureuses ! — Vraiment ! dit M. de Tourmagne ; et
de combien de personnes vais-je faire ainsi le bonheur ? — J'en connais trois, répondis-je : la mère
et la sœur de M. Darcet, à cause de la tendresse
qu'elles ont pour lui ; et moi, à cause de l'amitié
que j'ai pour vous. Je suis heureuse du noble
bonheur que vous prenez à protéger le mérite. »

Je crus que je m'étais assez bien tirée d'affaire,
mais M. de Tourmagne continua, de ce petit air
fin et doux que vous savez, et que j'aime, lors
même qu'il me tourmente. « Je ne suis pas, dit-
il, seul à célébrer le mérite supérieur de M. Darcet. Une dame de vos amies s'intéresse chaudement à sa gloire. Saviez-vous cela? — Comment?
dis-je en rougissant très-fort. — Oui. Je deman-
dais au ministre certaines choses en faveur de
M. Darcet, et Son Excellence me répondit que
ces choses étaient déjà faites, à la prière de
Mᵐᵉ Élise de... En sorte que moi, qui veux obliger M. Darcet pour mon propre compte, il faut
que j'imagine du nouveau. »

J'étais si visiblement troublée, que M. de Tourmagne eut la charité de ne point insister. Il changea brusquement le sujet de la conversation. « Le bonheur pleut sur tout le monde, me dit-il ; que pensez-vous de la pairie de Mme de Sauveterre ? — Hélas ! répondis-je, cela n'est pas un bonheur pour moi. Cette pairie peut me rendre bien malheureuse, si vous m'abandonnez. — Quoi ! s'écria M. de Tourmagne ; quelle énigme ? Craignez-vous que le vicomte ne se mette à étudier la politique et ne néglige désormais le soin de tout charmer ici ? — Vous connaissez assez ma tante, repris-je, vous connaissez assez M. de Sauveterre et madame sa mère pour savoir ce que je crains. »

Le comte me prit la main, et, avec un accent paternel qui me toucha jusqu'aux larmes : « Ajoutez, Stéphanie, me dit-il, que je vous connais assez pour être rassuré sur tout ce qui vous effraye. Non, mon enfant, vous n'avez rien à craindre, que de légères importunités. Vous êtes plus aimable et plus riche qu'il ne faut pour exciter beaucoup l'ambition des Sauveterre ; mais cette

ambition-là se trompe sur sa portée. Ne brus-
quez rien, et confiez-vous à ceux qui vous aiment.
Le manteau de pair éblouira quelques instants
les yeux de Mme d'Aubecourt, il ne trompera pas
son cœur. Vous méritez mieux qu'un costume,
et, s'il faut absolument quelque chose de brodé
pour vous obtenir, on tâchera de trouver des
galons sous lesquels il y ait une âme. Je nourris
un certain projet.... — Ah ! monsieur le comte,
criai-je avec quelque alarme, aidez-moi à défendre ma liberté, mais ne me préparez pas
d'autres chaînes. Je me trouve si bien dans la
situation où je suis ! — Ta, ta, ta, s'écria le
comte en s'enfuyant ; une belle fille de vingt
ans qui est riche, vertueuse et bonne, est une
fille à marier. Il ne s'agit que de trouver le mari ;
et dût-il venir de... la Chine, il viendra ! »

Qu'en pensez-vous, chère Élise ? Pour moi,
je suis confondue et ravie. Que madame de Sauveterre se présente : je l'attends de pied ferme,
eût-elle dix pages aux couleurs de Caniac pour
porter sa queue

XIX.

4 juillet.

J'ai eu ce matin un baiser de Jeanne et un
regard de Mme Darcet. Ah ! ma chère, la belle
occupation que de faire des heureux ! « Nous
sommes dans la joie jusque par-dessus le cœur,
m'a dit Jeanne, croyant m'apprendre de grandes
nouvelles. Cela a commencé par un journal qui,
sans qu'on l'en ait prié, s'est mis à dire un bien
infini du livre de mon frère. Nous avions à peine
lu ce journal, qu'un vieux monsieur, la bonne
grâce même, se présente et veut absolument

voir Germain. Germain était sorti ; il attend,
nous faisant le plus grand éloge de nos *Pha-*
raons. Nous étions contentes ! Enfin, Germain
arrive, et les voilà qui causent, qui boulever-
sent des livres, qui discutent si bien, si fort,
avec tant de zèle, que l'heure du dîner sonne,
qu'elle passe, et que ce bon monsieur reste à
dîner chez nous. Or, savez-vous, Mademoiselle,
qui c'est ? Un membre de l'Académie des ins-
criptions ! Pour un savant, c'est plus que duc
et pair. Il veut parler du livre de mon frère dans
son Académie. Mais je ne vous ai rien dit encore.
Ce journal a sans doute rappelé au ministre les
demandes que Germain lui avait adressées.
Pan ! hier on nous annonce coup sur coup que
l'Imprimerie royale se chargera du nouveau
livre, que le Gouvernement achète deux cents
exemplaires du premier, que M. le ministre
désire voir M. Darcet. Enfin, voilà le plus beau !
le libraire, qui venait quelquefois nous demander de l'argent, nous en apporte et sollicite la
préférence pour une seconde édition !... Je la
lui ai promise.

4**

— Et que dit monsieur votre frère ? demandai-je en souriant.

— Il n'y comprend rien, reprit Jeanne, sinon que Dieu nous montre bien sa bonté. Ma pauvre mère et moi, nous avons failli en perdre la tête. Cependant nous devrions moins nous étonner ; nous avons tant prié ! Je vous confierai, mademoiselle, qu'il y a quinze jours, obsédées par ce libraire, qui réclamait ses avances sur les frais d'impression, nous faisions une neuvaine, ma mère, notre servante et moi, pour qu'enfin le livre trouvât des acheteurs, le pauvre libraire sa somme, et nous la paix. Le bon Dieu nous a donné tout de suite plus que nous ne demandions ; voilà comme il agit toujours. Quel tendre père ! »

Oh ! oui, quel tendre père ! Pour moi, qui n'ai pas comme Jeanne la permission d'exprimer tout haut la joie dont je suis inondée, je me sauve à l'église, ou je m'enferme dans ma chambre, et là je me prosterne, je verse des pleurs reconnaissants. N'est-ce pas une preuve que mes desseins sont agréés de Dieu, quand je le vois choisir en quelque sorte mon entremise pour répandre sur ses fidèles serviteurs les grâces qu'ils lui ont demandées ?

XX.

Ce que je redoutais arrive comme je l'ai prévu. Les Sauveterre sont rentrés en grande faveur auprès de ma tante. Ils lui ont fait une visite ce soir, et Dieu sait s'ils l'ont cajolée ! J'en conclus que la fortune de Mme d'Aubecourt est plus considérable encore que je ne pensais, et qu'ils en connaissent mieux que moi la hauteur, la largeur et toutes les dimensions. De mon coin, je les écoutais tristement, sans rien dire ; et les bonnes espérances que M. de Tourmagne

m'avait données baissaient, baissaient, devenaient toutes petites, se réduisaient à rien. Il ne
me restait que mon courage ; lui, du moins, ne
baisse pas ; tout au contraire ! Quand même
Germain n'existerait plus, les Sauveterre me
feraient horreur. Le mot est bien gros, mais il
est bien vrai. Je vous le demande, est-il juste
que je sois ainsi tourmentée de ces gens-là,
parce que j'hériterai d'un éclat qu'ils trouvent
nécessaire à leur futile grandeur ? Que leur im-
porteraient ma personne, mes agréments et mes
vertus, supposé que j'en aie, si je n'étais que la
fille orpheline du pauvre capitaine Corbin ?
Quand j'étais cette enfant indigente et presque
abandonnée, quand j'étais laide, Germain, qui
n'avait jamais entendu parler de la marquise
d'Aubecourt, m'aimait comme sa sœur, me pro-
tégeait comme sa fille ; il ne me demandait que
de l'aimer et de garder les qualités qu'il croyait
voir poindre dans mon âme, pour faire de
moi la compagne, l'heureuse compagne de sa
noble vie !

Le vicomte vint plus d'une fois m'étaler ses

grâces et me prier d'admirer son caquet.
J'essayai de lui suggérer une ou deux sottises,
mais il se tint sur ses gardes, trop bien averti
par madame sa mère, et je ne fis qu'aiguillonner
sa verve, hélas! de tout le monde et de ma
tante applaudie. J'étais au supplice. « Quoi!
pensais-je, n'y aura-t-il personne pour lui dire
qu'il n'est qu'un fat! » Mon charitable souhait
fut à la fin rempli; j'eus le plaisir de voir le
vicomte écrasé par Germain absent. Quelqu'un
demanda si l'on verrait M. de Tourmagne. « Je
doute qu'il vienne, dis-je; il dîne ce soir avec
un savant qui doit lui parler de Sésostris. —
Sésostris! s'écria le vicomte; passe encore s'il
s'agissait de Cléopâtre : c'est le seul pharaon
qui mérite un souvenir. — A propos de Pharaon,
dit une autre personne, s'adressant à ma tante,
avez-vous lu le livre à la mode? — Quel livre?
demanda ma tante. — Un livre qu'on appelle
les Pharaons, tout farci de grec, et néanmoins
très-amusant. — Ah! reprit une troisième personne, le livre de M. Darcet. On ne parle pas
d'autre chose. Il paraît que le ministre en raf-

fole et qu'il veut faire la fortune de l'auteur. —
Qui de vous l'a lu ? » demanda ma tante.

Vous pensez bien que je m'abstins de répondre. L'affaire était sur le tapis ; je rentrai dans
le silence, comptant avec beaucoup d'attention
les mailles de mon filet.

« Bah ! s'écria le vicomte (voyez l'instinct),
tout le monde célèbre ces livres-là, mais personne
n'y regarde. La mode, qui est une personne ori-
ginale, prend quelquefois de ces paquets sur ses
ailes de papillon. C'est l'affaire d'un jour : le
lendemain, tout est fini. Qu'en pensez-vous,
mademoiselle ? — Je pense, répondis-je, que le
paquet reste, et que le papillon disparaît. —
Je demande bien pardon à monsieur le vicomte,
dit la baronne de V..., dont tout le monde connaît et admire le grand esprit ; ce livre n'a nullement besoin de la mode. On s'étonne qu'un
auteur encore si jeune ait des connaissances si
étendues, qu'un savant écrive avec tant d'élégance, et qu'un homme qui montre tant de
courage parle de lui-même avec une si parfaite
modestie. — Ajoutez, dit à son tour ma tante,

que cet homme de mérite est un excellent chrétien. — Le connaissez-vous donc, madame ?
demanda la baronne de V.... Je serais enchan-
tée que vous voulussiez me le présenter. — Nous
ne le voyons qu'à la paroisse, dit ma tante ;
mais je prierai M. de Tourmagne de me l'amener. »

M. de Tourmagne entra là-dessus. Quelqu'un,
ce ne fut pas le vicomte, lui demanda des nouvelles de la cour d'Égypte. « Je viens, dit-il, de
passer trois ou quatre heures avec un bourgeois
de Memphis. » Nouvel éloge de M. Darcet, éloge
non plus seulement de sa science, mais de sa
personne, mais de son cœur. Jugez du bonheur
de votre amie : M. de Tourmagne a la juste réputation de se connaître si bien en ces sortes de
choses ! « Mais amenez-moi donc ce prodige,
dit Mme d'Aubecourt. — Vous l'auriez vu ce
soir, répondit M. de Tourmagne, s'il n'avait
dépendu que de moi. Je voudrais le montrer à
tout le monde, afin de souffler ensuite sur ma
lanterne, car c'est un *homme*. Par malheur, il
va plus volontiers sous la tente des Bédouins

que dans un salon. Je vous le donne pour un philosophe si parfait, qu'il en est sauvage. — On
se cache quelquefois, observa le vicomte avec
un peu d'aigreur, pour se faire mieux voir. —
Ce serait encore de l'esprit et du bon sens, répli-
qua M. de Tourmagne ; il y a tant de gens qui
se trompent par un autre calcul, et qui perdent
à se montrer. — Vraiment, reprit le vicomte,
quel mérite voit-on à cette horreur, affectée ou
réelle, pour la société ? — C'est un défaut, dit
M. de Tourmagne ; mais c'est le défaut de tous
ceux qui ont quelque chose à faire ou quelque
chose à dire. »

Bravo, cher comte ! Ce bouquet d'ortie rédui-
sit au silence M. de Sauveterre, et embauma
mon méchant cœur des doux parfums de la ven-
geance. Je pus supporter de voir le vicomte,
après cet échec, faire avec succès, auprès de ma
tante, toutes ses dévotions. Pour vous, chère
Elise, que pensez-vous de Mme Darcet ? Malgré
tout ce que je lui ai dit, elle a tenu sa promesse
de ne point parler de moi à Germain. La preuve
en est que Germain a refusé de venir chez ma

tante. Comparez cette conduite à celle de Mme de Sauveterre, qui nous méprise, et qui néanmoins complote incessamment d'*encorbiner* son fier écu. Voilà une fille de rien, et qui ne nous aime guère ; mais elle est riche : *Caniac, à la rescousse !*

Un dernier trait de M. Darcet, que M. de Tourmagne a voulu conter tout haut : le ministre lui a offert un emploi honorable. Il a refusé, suppliant Son Excellence de ne pas commettre l'injustice d'enlever cette place à un vieil et pauvre érudit qui, dit-il, la mérite mieux. Mon noble Germain !

Enfin, le voilà célèbre ! Ce sera une presse autour de lui ; chacun voudra l'avoir, et ma tante ne renoncera pas au désir d'orner son salon de cette rareté. Il faudra bien qu'il y vienne. Mais, hélas ! qu'est-ce que le savant, que l'éloquent, que l'illustre Germain Darcet, à côté du vicomte de Sauveterre, héritier de la pairie et descendant des Caniac de Périgord ?

XXI.

Nous approuvons que Germain soit fier et
même un peu sauvage : mais il faut de la mesure
en tout, n'est-ce pas, chère Élise ? Évidemment,
le juste mépris qu'il ressent pour le monde ne
doit nullement l'empêcher de venir à l'hôtel
d'Aubecourt, où l'on désire le voir, puisqu'il est
à la mode ; et ce serait une chose déplorable
qu'on finît par s'offenser de ses refus. J'ai donc
pensé qu'il avait besoin d'un avis, et voici la
petite lettre qu'il a reçue ce matin :

« Monsieur Darcet a obligé des gens qu'il ne
« connaît plus, mais qui n'ont point oublié le
« devoir de la reconnaissance. J'obéis à ce devoir
« en invitant M. Darcet à se laisser présenter
« dans certains salons, où il rencontrera des
« personnes qui peuvent avoir l'influence la plus
« heureuse sur sa destinée. Il n'ignore certaine-
« ment pas combien ses succès seront doux pour
« sa mère et pour sa sœur, justement impatientes
« de le voir dans la position qui lui est due. Quel
« inconvénient trouverait-il à ce que tels ou tels
« personnages, en causant avec lui, apprissent
« un peu mieux et un peu plus tôt qu'ils ne l'ap-
« prendront par ses livres, ce qu'il vaut et ce qu'il
« est en état de faire? Quand il avancerait de
« quelques années, seulement de quelques mois,
« le moment heureux où son mérite sera enfin
« connu, serait-ce un mal? M. Darcet fera bien
« aussi de se laisser discrètement renseigner par
« M. de Tourmagne sur le caractère de ses nou-
« velles connaissances. On évite par là une mul-
« titude de petits périls dont le monde est rempli.

« Je ne puis me faire connaître aujourd'hui.

« Ma position humble et subordonnée me le
« défend ; mais je ne me cacherai pas toujours.
« Alors M. Darcet me pardonnera la forme
« étrange de cet avis. D'ici là, j'impose à sa
« loyauté le secret le plus absolu à l'égard de
« tout le monde, même M. de Tourmagne, même
« Mme Darcet. Et comme je crois rendre à
« M. Germain un service tout amical, je lui de-
« mande de me récompenser en priant pour moi.
« Longtemps il l'a fait; je doute qu'il ait conti-
« nué de le faire depuis que nous sommes sépa-
« rés. Quant à moi, c'est une habitude que je n'ai
« jamais perdue et que je ne perdrai jamais. »

Ce billet lui a été adressé, non pas chez lui,
mais chez son libraire, pour dérouter mieux les
enquêtes. La missive est un peu bien sèche,
n'est-ce pas ? J'avais mis dans le brouillon
beaucoup d'amitiés, je les ai arrachées ensuite
avec un soin sévère, et qui m'a coûté, je vous
assure ! Quand je le verrai chez ma tante, comment parviendrai-je à lui faire seulement la
révérence sans me trahir ?

5

XXII

12 juillet.

J'étais seule au salon. Ma tante avait laissé les illustres *Pharaons* pour passer dans ses appartements, et je défaisais, pensive, un point de broderie que mon aiguille, abandonnée à elle-même, avait fait tout de travers. « Eh bien, Stéphanie, où êtes-vous? » me dit une voix moqueuse. Je lève les yeux, et je vois M. de Tourmagne qui, suivant son usage, était entré sans se faire annoncer. Mais M. de Tourmagne n'était pas seul. A côté de lui se trouvait

un grand jeune homme que ma distraction faisait sourire. Or, ce jeune homme, c'était... devinez ! Ah ! vous avez déjà deviné. Eh bien, oui,
c'était Lui ! Je me levai, tremblante, interdite,
et pour la première fois depuis onze ans, nous
nous regardâmes en face. Pas longtemps !...
J'avais envie de pleurer. A mon avis, il est très-
beau et il a tout à fait bon air. Je l'invitai en
balbutiant à s'asseoir, et je lui dis, je crois,
que ma tante n'était pas sortie. Je ne prétends
pas que j'aie parlé d'une façon intelligible.

Et Lui, qu'a-t-il pensé de moi sur ce premier coup d'œil ? J'ai seulement remarqué qu'il
me regardait avec un certain étonnement, de
l'air d'un homme qui se demande où il a vu
cette figure-là. Ma voix surtout, qui ressemble
à celle de ma mère, a paru lui rappeler des
souvenirs confus. Si je lui disais quatre mots
d'allemand, je suis sûre qu'il m'appellerait tout
de suite Rœschen. Mais le moyen qu'il recon-
naisse, dans ce grand salon brillant de dorures,
et tout tapissé de d'Aubecourt en habit de
guerre ou de gala, l'orpheline qu'il ramenait en

fiacre au couvent des enfants pauvres, et qui
s'endormait dans un pan de son manteau ?
Bientôt je le quittai, sous prétexte d'avertir
ma tante ; en réalité, pour respirer un moment.
Loin de s'apaiser, mon trouble croissait. Une fois
seule, je consultai d'abord la glace, pour juger
par moi-même de l'effet que j'avais pu produire
sur Germain. Car, au fond, croyez que je ne
serais aucunement fâchée de lui paraître jolie.
Je me trouvai bien mise, assez grande et svelte,
passablement coiffée de mes cheveux allemands
dont il parlait jadis en bons termes ; enfin, pour
m'exprimer sans détour, il me sembla que je
pouvais aspirer à devenir la muse du travail et
du savoir. Je me rappelai ma fameuse phrase :
Wenn ich gross bin, will ich Germain heira-
then. Ce souvenir m'égaya ; je me sentis fidèle
à mes anciennes opinions. Et puis, tout à coup,
par un retour qui ne vous étonnera point, je
m'alarmai, je ne sais trop pourquoi, des pensées
qui me venaient en foule. Je m'agenouillai, je
dis un *Ave Maria* et un *Pater*, priant Dieu de
faire sa volonté, non la mienne. Plus tranquille

après cet acte de soumission, j'allai prévenir ma tante de la visite qui l'attendait. Elle se rendit au salon et je l'y accompagnai. « Madame, lui dit M. de Tourmagne, je vous présente un nouveau chevalier que le Roi vient de créer ; je vous le garantis vrai chevalier, sans reproche et sans peur. »

En effet, M. Darcet portait à sa boutonnière le glorieux ruban rouge. Ce noble signe va bien à sa physionomie, plus martiale encore que savante. Dans mon trouble, je ne l'avais pas remarqué. Oh ! monsieur de Tourmagne, que vous êtes bon ami !

La conversation s'engagea entre ma tante, le comte et Germain. J'écoutai, me tenant prête à intervenir au moindre heurt. Mes services ne furent pas nécessaires, et d'ailleurs je crus bientôt m'apercevoir que M. de Tourmagne veillait avec autant d'assiduité que moi à gouverner l'entretien, de telle sorte que tout y fût à l'avantage de son ami. Alors je m'abandonnai en sécurité au plaisir de le voir et de l'entendre ; au plaisir de le voir là, dans ce salon qui sera le

sien, s'il plaît à Dieu ; au plaisir de l'entendre
et de bâtir au son de sa voix mille châteaux en
Espagne ; et les chagrins du passé devenaient
autant de joies dans les joies de l'avenir.

Ma tante paraissait fort satisfaite et devait
l'être. Germain est tout l'opposé du vicomte de
Sauveterre. Il a d'autres pensées, un autre
accent, un autre langage. Néanmoins sa parole,
avec une force pénétrante qui vous retient
attentive et immobile, a tout l'agrément, toute
là bonne grâce, toute la douceur imaginables.
Je crois que, s'il se voulait mêler de faire des
compliments et de passer pour agréable, il s'en
acquitterait mieux que plusieurs que je connais,
dont c'est l'unique étude. Pour moi, qui suis à
la vérité bien prévenue, quand je pense que ce
grave Germain pourrait un jour me laisser voir
qu'il désire moins les sourires de la gloire que
les miens, qu'une de mes paroles l'émeut plus
et lui donne plus à penser que tous les hiéroglyphes du monde, que j'ai place dans son
cœur avant la science, et qu'après Dieu j'y suis
la première, je sens que la tête me tourne,

j'ai le vertige. Voilà ce que le charmant vicomte
de Sauveterre et son tailleur, qui est pourtant
un habile homme, ne produiront jamais. Deux
ou trois fois je me suis surprise, l'aiguille à la
main, la tête penchée, écoutant, les yeux fixés
sur M. Darcet, quelque récit de ses voyages que
ma tante lui avait demandé. J'étais sous le
charme. Écoutez un de ces récits.

Ma tante voulut savoir ce qu'étaient devenus
les habitants chrétiens de certain village du
Liban qu'il avait laissés dans une situation criti-
que, menacés par les Druses. « Je les vis, dit-il,
à mon retour, plus menacés encore, et si alarmés,
que je ne pus me décider à m'éloigner d'eux. On
avait déjà pillé leur église, on voulait la brûler,
et les Druses tenaient en captivité une malheureuse jeune fille enlevée à son père et à son
fiancé. Très-touché de la douleur du vieillard,
du désespoir du jeune homme, et du danger
de tous ces chrétiens, je fis quelques démarches
auprès des Druses, pour obtenir qu'ils rendissent
la prisonnière. Ils me reçurent fort mal. J'offris
une rançon ; ils la refusèrent. Je menaçai ; ils

me tirèrent des coups de fusil. Cependant les Druses n'étaient pas beaucoup plus nombreux que nous. Je proposai aux chrétiens de leur arracher de vive force cette pauvre fille, dont l'honneur et peut-être la foi étaient si gravement en péril. Les populations du Liban sont toutes fort guerrières et se plaisent au combat. J'apportais, outre mon secours, celui de mes quatre domestiques, braves et bien armés ; on comprenait qu'un coup hardi pouvait être le meilleur moyen de se tirer d'embarras et de mettre un terme à des avanies devenues intolérables. Enfin, mon avis, appuyé par les chefs, fut adopté sans peine. Nous résolûmes d'agir aussitôt que la nuit serait venue. Chacun avait ses armes ; le prêtre qui était au conseil nous bénit ; quelques-uns se confessèrent. Deux ou trois hommes partirent pour donner avis de l'entreprise aux catholiques des villages voisins, et une heure après le coucher du soleil, nous commençâmes l'attaque. Les Infidèles résistèrent avec beaucoup de valeur, mais ils ne défendaient pas leurs autels ; Dieu nous accorda la victoire. Nos chrétiens reprirent au-delà de ce qu'ils avaient perdu ; ils firent des prisonniers importants qui servirent d'otages pour empêcher les représailles, et qui, plus tard, payèrent une bonne rançon. — Mais la prisonnière ? dit ma tante. — La pauvre enfant faillit nous échapper, reprit Germain. Les chrétiens ne la trouvèrent point dans la maison où ils la croyaient enfermée. Son père, infirme, n'ayant pu combattre, et son fiancé ayant été blessé gravement au commencement de l'action, elle avait été oubliée. Heureusement, quand tout fut à peu près fini, on aperçut deux cavaliers qui fuyaient, emportant une femme dont ils ne pouvaient étouffer les cris. Plusieurs des nôtres se mirent à leur poursuite ; mais les Druses étaient parfaitement montés ; un seul chrétien, grâce à la vigueur de son cheval, put les atteindre, déjà loin du village. Il n'eut à livrer qu'un léger combat, et ramena la jeune fille. »

Germain se tut. Je jugeai qu'il avait eu plus de part qu'il ne disait à la délivrance de la captive. « Monsieur, lui demandai-je, cet heureux

5*

cavalier était-il un parent de la jeune chrétienne
ou de son fiancé ? — Mademoiselle, me répondit-il en rougissant, c'était un de leurs amis.
— Le consul de France à Beyrouth, qui se rendit sur les lieux pour mettre le holà, et qui est
présentement à Paris, dit M. de Tourmagne,
conte l'histoire avec plus de détails. Le cavalier
en question avait déjà fait merveille dans le
combat du village et décidé l'affaire en tuant le
chef ennemi. Il était blessé lorsqu'il se lança
sur les traces de la jeune fille. Le *léger combat*
qu'il eut à livrer pour s'emparer d'elle lui valut
néanmoins une seconde blessure, et coûta la vie
aux deux ravisseurs. Quand il fut de retour,
comme il était un peu chirurgien, il pansa le
fiancé, le guérit, et enfin le maria, dans l'église
qu'il avait préservée. Je ne sais pas même s'il
ne dota point l'épouse. Vous voyez, Stéphanie,
que ces jeunes gens possédaient là un ami précieux. — Je ne conteste aucun mérite aux chrétiens du Liban, dit Mme d'Aubecourt ; mais
voilà des traits qui me paraissent dignes d'un
chrétien français. — Aussi, reprit M. de Tour-

magne, dans tout le Liban notre cavalier était-il
nommé Roumi-el-Frank, ce qui veut précisément dire le chrétien français. A Paris, nous le
nommons tout simplement M. Germain Darcet.

— Et nous trouvons, ajouta ma tante très-
gracieusement, que le Roi a fort bien fait de
lui donner la croix d'honneur. »

A ce mot, appuyé par votre servante d'un
signe d'adhésion assurément bien légitime,
vous eussiez vu M. Darcet, ce héros qui tue
trois Turcs en un soir, tout embarrassé, tout
confus, plus rouge qu'une pensionnaire, demander grâce, balbutier, avec une niaiserie charmante, pour s'excuser, que les choses se passent ainsi dans le Liban, et que les Druses sont
d'une férocité rare. Eh bien, Roumi-el-Frank,
quelle que soit la méchanceté des Druses, moi,
Stéphanie Corbin, je suis toute prête à faire le
voyage de la Palestine, si seulement vous voulez
me donner le bras.

Nous l'avions mis trop mal à l'aise avec toutes
nos admirations ; il se retira, mais dûment
engagé à revenir. Je connais ma tante, nous

l'aurons bientôt à dîner, et il ne tiendra qu'à lui de nous voir souvent. C'est bien quelque chose ; mais, hélas ! que c'est peu de chose ! Il faut compter sur le bon Dieu, et aussi sur M. de Tourmagne.

Je ne pénètre pas la pensée de l'excellent comte ; je n'ose espérer qu'il ait formé un dessein plus hardi et plus étrange encore pour lui que pour moi. Cependant, Germain serait son fils, qu'il n'aurait pas plus de zèle à le produire et à le vanter. La science les a mis en rapport, c'est par le cœur qu'ils se sont unis. « Voyez-vous ce grand garçon-là, dit-il à Mme d'Aubecourt, après le départ de Germain, ce n'est qu'un pauvre savant ; mais laissez-le faire, il y a en lui l'étoffe d'un homme d'État. — Vraiment, dit ma tante ; quel dommage qu'il n'ait pas de naissance ! — Sans doute, continua M. de Tourmagne ; mais s'il avait de la naissance, probablement qu'il ne saurait pas si bien les langues orientales. Son nom, glorieux dans le passé, ne le serait pas dans le présent et dans l'avenir. — Et que voulez-vous donc faire de lui ? demanda ma tante. — Moi ! reprit le comte, rien qu'un membre de l'Institut, si j'étais le maître. Je voudrais le conserver à la science, et lui laisser le tranquille bonheur de l'étude. Mais la politique nous l'enlèvera : on en fera un ambassadeur ou un ministre. Je serais bien aise qu'il vît ici le vicomte de Sauveterre et que ce jeune homme lui plût. — Pourquoi donc ? s'écria ma tante, fort étonnée. — M. Darcet, poursuivit gravement le comte, pourrait le protéger. Dans quelques années ce ne sera pas une protection à dédaigner que celle-là. »

Ce coup d'œil sur l'avenir, qui nous montrait M. de Sauveterre, ou tout au moins madame sa mère, dans les antichambres de Germain, blessa la fierté de ma tante, et me fit rougir jusqu'aux yeux. Mᵐᵉ d'Aubecourt vit cette rougeur malheureuse, et probablement s'y méprit. « C'est, dit-elle, un temps singulier que le nôtre, où les descendants des familles les plus considérables et les plus respectées sont obligés à tout moment d'implorer l'appui des parvenus. — Vous savez, reprit le comte, que

Mme de Sauveterre prend le temps comme il est. Je voudrais connaître le duc et pair qu'elle trouve d'assez bonne origine, et le commis qu'elle n'a point sollicité. Mais je vous assure qu'elle ne fait rien de nouveau. Toujours on a vu des hommes de rien parvenir aux plus hautes places, et toujours aussi les descendants de races illustres se sont recommandés à la faveur de ces parvenus, qui n'étaient là que parce qu'on ne pouvait se passer d'eux. Savez-vous, madame la marquise, que c'est une grande chose de *parvenir* à gagner des batailles, à défendre la religion, à bien gouverner l'État et à sauver la noblesse en sauvant une patrie ! Je demande quel est le meilleur sang de celui qui fait un grand homme ou de celui qui ne fait qu'un galant ? »

« Tout raisonnable qu'il est, M. de Tourmagne a parfois des idées extravagantes, me dit ma tante, lorsque nous fûmes seules. — Il ne parle, répondis-je, que de ceux qui ne sont pas dignes de l'éclat de leur nom : vous savez combien il vénère les autres. Quand il relève

ainsi le mérite et la vertu, je songe toujours
à mon grand-père, et je ne puis m'empêcher
d'être un peu de son avis. — C'est qu'aussi,
reprit ma tante, tu es un peu jacobine, ma
pauvre enfant. — Non, dis-je, chère tante ; je
ne suis rien. Je n'ai pas vécu comme vous au
milieu des événements épouvantables qui ont
décimé notre famille. Je ne hais et ne puis haïr
aucune opinion. Vous êtes royaliste, mon père
ne l'était pas. Je ne m'inquiète point de ce que
l'on pense, ni d'où l'on sort. Je ne demande
aux gens que d'être bons chrétiens. — Avec
ces idées-là, dit ma tante, on ravale la noblesse,
qui est très-nécessaire à la splendeur des États.
Que penses-tu de M. de Sauveterre, toi? ajouta-
t-elle brusquement. — Moi, ma tante, je n'en
pense rien ; je le trouve seulement un peu frivole. — Bah ! dit-elle, il est si jeune ! — Mais
je crois qu'il a bien trente ans. — Trente ans,
c'est très-jeune pour un homme... Enfin, est-ce
que tu préférerais la gloire d'avoir fait un livre
comme celui-là (elle montrait le livre de Germain), à la gloire de porter un nom si ancien et si

beau ? — Je ne suis pas en état de juger un livre,
ma tante, et il ne m'appartient pas de prononcer entre M. de Sauveterre et M. Darcet ; mais je
crois que la mère de M. Darcet ne peut rien envier
au bonheur de celle de M. de Sauveterre. »

Je me tus, et il se fit entre nous un moment
de silence. Je voyais bien que Mme d'Aubecourt
avait quelque chose sur le cœur qui l'embarras-
sait à me dire, et je ne jugeais pas nécessaire
de l'aider, devinant trop sa pensée.

« Sais-tu, dit-elle tout à coup, que tu n'es
pas gracieuse pour le vicomte de Sauveterre :
est-ce qu'il te déplaît ? »

Cette attaque me fit changer de tactique :
j'allai droit à l'ennemi. Bien-aimée tante, répondis-je en embrassant Mme d'Aubecourt, il me
déplaît beaucoup lorsqu'il semble vous plaire.
J'ai peur qu'il ne songe à vous enlever mes soins.
— Mais non, me dit-elle, il resterait ici. — Oui,
ajoutai-je, et comme il m'ennuie assez pour
peu qu'il y vienne, je me trouverais heureuse !
Laissez-moi telle que je suis, toute à vous et
votre fille. N'avez-vous pas assez de mon cœur ?

J'étais fort attendrie, ma tante ne l'était guère moins, et je sentis avec bonheur qu'elle ne voulait pas forcer ma volonté.

« J'aimerais à te voir un mari, dit-elle encore. — Et moi, chère tante, je voudrais vous voir un fils, mais un fils tendre, plein de déférence, plein de respect, plein d'amour pour une si bonne mère. Une des choses que je reproche à M. de Sauveterre, c'est qu'à mon avis il manque de cœur, comme la comtesse. Il flatte, et n'aime pas. — Allons, dit ma tante, tu n'es pas sage, mais tu es bonne. On peut bien attendre encore un peu. Le temps dissipera tes préventions. »

Je voulus répondre ; elle m'imposa silence et j'en restai là, satisfaite d'avoir au moins gagné du temps.

XXIII.

Depuis quinze jours que vous n'avez reçu de mes nouvelles, très-chère Élise, tout va fort bien pour M. Darcet ; tout va fort mal pour moi-même. Germain a dîné ici ; il est revenu plusieurs fois ; ma tante le reçoit avec plaisir ; car il ne sait pas seulement le grec, mais, ce qui est plus important, il sait le blason et l'histoire des vieilles familles de France. C'est moi qui lui ai découvert ce talent ; vous comprenez avec quel empressement je l'ai mis en œuvre.

On ne se lasse pas de l'entendre sur les généalogies, et de lui faire conter comment Gervais III, marquis d'Aubecourt, épousa Bertrande, de la maison de Lusignan, détail que l'on ignorait, et qui le place en haute estime. Il plaît donc, mais comme un homme de bien, comme un homme d'esprit, comme un homme de mérite, d'ailleurs sans conséquence ; et il semblerait hardi jusqu'au sacrilége si l'on pouvait le supposer sensible à l'indigne faiblesse de la fille de la maison.

Un pareil danger, il est vrai, n'est pas à craindre. Cette faiblesse cachée, par où j'outrage à la parenté des d'Aubecourt et aux feux des Sauveterre, n'est connue que de Mme Darcet, qui ne dira certainement rien. Germain n'a reçu ni de sa mère, ni de M. de Tourmagne, qui peut-être soupçonne quelque chose, le moindre avertissement. Il sait mon nom, il connaît ma figure, il me salue lorsqu'il me rencontre ; mais je me donne bien inutilement la peine de l'aimer. Rien ne l'occupe moins que ma pauvre personne. Or, vous le confesserai-je ? c'est là ce qui m'afflige, ce qui tourmente ma pensée et trouble

mon sommeil. Je voudrais que Germain m'aimât, et en même temps ce sentiment me semble
égoïste et cruel. Car, hélas ! s'il m'aimait, qu'y
gagnerait-il ? la douleur de se contraindre et
d'espérer encore moins que je n'espère : Ce n'est
pas lui qui me mettrait jamais en état de lui dire
que ses vœux ne s'élèvent point trop haut. Il
craindrait d'outrager l'hospitalité, de laisser
croire qu'il songe à la fortune ; et s'il n'avait
pas ces fiers scrupules, peut-être l'aimerais-je
moins... Oui, mais je voudrais qu'il m'aimât.
En vain j'appelle à mon secours toute la pureté
de mon attachement, toute la force de ma
raison ; je voudrais qu'il m'aimât. Voilà où mon
cœur s'arrête et se bute obstinément.

Cent fois le jour je me surprends dans ce
rêve. Je m'en arrache, j'y retombe aussitôt ; j'y
reviens quand je crois l'éloigner. Ai-je enfin
secoué la douce et funeste langueur qu'il m'apporte, l'instant d'après je m'y replonge avec
tout l'élan de cette volonté si débile lorsqu'il
s'agit de fuir. Alors je forme des plans insensés :
Germain m'a reconnue ; il me rappelle mon

enfance, ma tendresse naïve, les desseins généreux qu'il n'a point oubliés ; et moi, tout heureuse de lui montrer une âme digne de la sienne,
je lui promets de renouer nos destinées ; je
renonce avec joie aux largesses de Mme d'Aubecourt, nous affrontons ensemble cette orageuse
vie qui n'a point effrayé le courage de ma mère.
Je ne suis plus l'héritière d'une marquise, mais
je suis la fille de Mme Darcet, la sœur de Jeanne,
la femme de Germain ; j'ai ma place au foyer
paisible que j'ai entrevu un instant. Oh ! lorsqu'il me semble que je traverse la petite cour
agreste dont je vous ai parlé, que je franchis
cet escalier dont les fenêtres sont ornées d'un
rideau de vigne, que j'entre dans ce cabinet où
l'on garde mon souvenir et celui de ma mère,
et qu'après avoir salué Germain qui travaille,
sans rien lui dire de peur de le déranger, je
vais m'asseoir, l'aiguille à la main, entre
Mme Darcet et Jeanne, mon cœur bat jusqu'à
m'étouffer ! Que m'importent la gêne, la pauvreté, la misère, si je suis aimée de Germain et
si mon affection le console !

Je ne résisterais pas à ces pensées ; mais je songe à ma tante qu'il faudrait abandonner ; je songe à Germain lui-même, obligé d'interrompre ses études, d'ajourner sa gloire, pour suffire par un travail ignoré aux charges qui pèsent sur lui et que j'accroîtrais du poids de mon inutilité. Non ! non ! je ne veux pas qu'il m'aime, je ne veux pas faire violence aux préjugés de ma tante, ni abandonner ses vieux jours à des soins mercenaires. Elle a compté sur moi, je ne trahirai pas son espérance. Nous ferons un pacte : elle ne m'obligera point à me marier et je ne la quitterai jamais ; et Germain, qui n'aura connu ni mon existence, ni mon amour, continuera de vivre heureux entre cette mère et cette sœur si parfaites et si dignes de lui. Maintenant qu'il a fait les premiers pas, qu'il a des amis et des protecteurs, et qu'il est moins soumis aux dures conditions de la pauvreté, quelle destinée pourrais-je lui faire plus douce que la sienne ? Qui m'a dit qu'il eût besoin de moi pour être heureux ? Je le suivrai du regard, je prierai Dieu pour lui, j'épierai l'occasion de

l'aider encore ; et si ma tante meurt la première,
quand je serai libre, avant de donner à Dieu les
restes de ma vie immolée sans regrets, j'enverrai
à Germain toute cette fortune de la part de Rœschen qui sera morte aussi, qui sera morte enfin !
Je veux qu'il devienne riche et que sa grande
âme s'abreuve de la joie de répandre les bienfaits.

Bon et cher Germain ! quoi qu'en dise Jeanne,
parfois je le vois triste. Oh ! je connais sur un
front humain le pli qu'y laisse une pensée dou-
loureuse ! D'où vient ce chagrin qu'il cache
même aux yeux de sa sœur et que sa mère n'ose
pas sonder ! Peut-être a-t-il été contraint, lui
aussi, d'étouffer dans son cœur des projets sem-
blables aux miens ! Je veux qu'il goûte, en faisant des heureux, la consolation la plus douce,
je le sens, que les choses de la vie puissent
apporter à de telles douleurs.

O mon vénéré père, quand il m'a dit ce dernier mot : Sois généreuse ! il savait bien quelle
chose immense et digne de sa grande âme il me
disait. Oui, mon père ! oui, et je saurai mourir.

XXIV.

30 juillet.

Je ne puis retrouver la paix. Quand je suis parvenue à dompter à peu près mon imagination et mon cœur, des coups soudains me rejettent dans toutes les agitations que je veux fuir.

Tantôt, nous nous promenions au jardin, ma tante, M. de Tourmagne et moi, lorsque le nom de M. Darcet fut prononcé, je ne sais par qui ; car il nous occupe tous à différents titres, et nous ne laissons pas de parler de lui fort souvent, ma tante à cause du blason, M. de Tourmagne à

cause de l'Égypte et de l'amitié, moi à cause de
ce que vous savez bien. « A propos de M. Darcet, dit ma tante, il m'est venu une idée dont il
faut que je vous fasse part. Je veux le marier. »

Voyez, chère Élise, si ce n'est pas une fatalité
que je me sois trouvée là, pour entendre à brûle-
pourpoint un mot si terrible ! Je me baissai bien
vite, et je me mis à cueillir des fleurs, afin de dé-
rober la pâleur mortelle que je sentais se répandre sur mon visage.

« Diable ! dit M. de Tourmagne, c'est une
grande idée cela. Et peut-on savoir à qui vous
voulez faire cadeau d'un pareil homme ? — A
Florentine Garby, la fille de mon avoué, reprit
ma tante. Elle est gentille. Demandez à Stéphanie, qui la connaît. — Eh bien, Stéphanie, me
dit M. de Tourmagne, voyant que je ne me pressais pas de parler, qu'en pensez-vous ? »

La pensée que Germain pût épouser une autre
que moi ne s'était jamais aussi nettement pré-
sentée à mon esprit ; mais Dieu me laissa voir
tout de suite combien l'union proposée par ma
tante serait cependant heureuse pour mon ami.

5**

Hélas ! quel prompt et douloureux réveil de tous mes rêves ! Je ne pense pas que vous ayez oublié Florentine. J'ai continué de la voir, et elle est toujours telle que nous l'avons connue au couvent, agréable en toute sa personne, douce de cœur et d'esprit. Je parlai d'elle, puisqu'on le voulait, et grâce à Dieu ! sans efforts, comme s'il n'eût été question que d'en parler. J'ajoutai, presque défaillante, que ce serait à mon sens un excellent parti pour M. Darcet, habitué aux modestes et charmantes vertus de sa sœur. M. de Tourmagne écoutait avec une extrême attention.

« Vous voyez, dit ma tante, lorsque j'eus fini, je ne choisis pas si mal. A la vérité, Garby est riche et peut-être avare ; mais il est assez vain, et il aime tendrement sa fille. Stéphanie décidera Florentine, et moi je ferai valoir au père la belle position de M. Darcet, qui est chevalier de la Légion d'honneur, qui va chez les ministres, qui est reçu dans le meilleur monde, et qui fera fortune à ce que vous dites. Stéphanie, écris à Florentine de venir dîner demain avec toi, et invite aussi la sœur de M. Darcet. Il faut nouer dès

relations entre les deux familles. — Doucement,
s'il vous plaît, Stéphanie, dit à mon grand contentement M. de Tourmagne ; je n'abandonne
pas si vite *mes amis.* »

Il avait prononcé ces deux derniers mots avec
un accent qui me frappa ; et son regard fit suc-
céder un peu, de rougeur à ma pâleur d'auparavant.

« Premièrement, continua-il, je doute que
M. Garby, et quelque avoué que ce soit dans le
monde, accepte jamais un homme qui n'a que
du mérite ; surtout un savant, dont le mérite
ne rapporte guère. Secondement, et sans nier
les vertus de la jeune Florentine, j'affirme que
M. Darcet, dans le cas où il accepterait la fille,
n'accepterait.pas la dot. Il aurait des scrupules
sur la régularité des procédures, et voudrait
savoir si les propriétés du procureur ne sont pas
mélangées d'un peu de bien national. Troisième-
ment, toute femme indifféremment ne peut pas
être la femme de M. Darcet. Et, quatrièmement,
je refuserais mon aveu à ce mariage, ayant
mieux quelque part pour mon ami. Comment !

madame la marquise, voilà un mois que vous le voyez, et vous ne savez pas encore quel avenir l'attend?—Bah! bah! dit ma tante, il n'y a dans vos objections rien de sérieux, mon cher comte. Vous ne voulez pas sans doute donner à M. Darcet la fille d'un duc et pair? Floren..... de sa condition; elle est pieuse; c'est la femme qui lui convient. Je la lui proposerai. — Sérieusement, n'en faites rien, madame, reprit le comte avec une gravité singulière; vous troubleriez inutilement l'esprit de la pauvre Florentine, et, s'il faut tout vous dire, vous me désobligeriez beaucoup. J'ai des vues plus hautes, que M. Darcet ignore, que je dois taire, et qui me font désirer de n'être pas prévenu. — Je me rends, dit ma tante, mais vous avez tort; j'en fais juge Stéphanie. — Stéphanie, interrompit M. de Tourmagne, est une bonne et excellente fille, que j'aime bien, qui a l'âme généreuse, et dont je récuse l'opinion. Si elle est aujourd'hui de votre avis, elle sera plus tard du mien, très-certainement. »

Et l'on changea d'entretien, à ma vive satisfaction. Bientôt je courus me réfugier dans ma chambre, où j'ai prié, pleuré, rêvé, bien contente d'avoir consenti au mariage de Florentine, et plus contente de m'en trouver quitte à si bon marché. Quant aux allusions du comte de Tourmagne, je n'y comprends rien. M'a-t-il devinée ? a-t-il en tête réellement quelque autre projet pour Germain ? Je m'y perds. J'ai un violent désir de lui ouvrir mon cœur, et le courage me manque. Je sens qu'il me serait plus aisé de mourir que de révéler mon secret. Hélas ! c'est Stéphanie, à présent, qui aime Germain : ce n'est plus Rœschen !

XXV.

Mme Darcet, que j'ai pu voir un moment, m'a rendu compte d'une commission dont je l'avais chargée, et qui me semble jeter quelque lumière sur les intentions de M. de Tourmagne, au sujet de Germain et de moi. Elle est allée à la mairie du quartier où ma mère est morte, elle s'est fait montrer le registre des décès, et elle a vu que la mort avait été déclarée par M. de Tourmagne et par un médecin que je crois avoir été celui de Mme d'Aubecourt. Je soupçonnais que M. de Tourmagne, le plus ancien et le plus sûr ami de ma tante, avait été dans cette circonstance son confident. Maintenant je suppose que, soit par quelques papiers trouvés chez ma mère, soit par quelques démarches qu'il aura faites ou dirigées pour acquitter les petites dettes qu'elle a pu laisser, il a eu connaissance du rôle admirable que Germain a rempli auprès de nous. Peut-être a-t-il lu, comme moi, quelque lettre pleine de cœur, que ma tante a oubliée ou brûlée plus tard sans l'ouvrir. Voilà pourquoi le nom de Darcet l'a frappé, lorsque, pour la première fois, il l'a entendu prononcer chez Mme d'Aubecourt, par le curé. Depuis, le livre des *Pharaons* a ravivé ses souvenirs ; il aura tout compris en voyant les efforts que je faisais pour servir mon bienfaiteur, et en cherchant à s'expliquer le secret que je veux garder. J'en ai la certitude, car il seconde mes démarches et s'aperçoit fort bien que je l'entends à demi-mot.

Quant au secret qu'il observe lui-même, sa délicatesse, sa parfaite bonté, la connaissance qu'il a du caractère de ma tante, et jusqu'à cette douce malice avec laquelle il aime à faire le bien, m'en donnent parfaitement la raison.

. C'est aussi ce que pense Mme Darcet. Elle s'est aperçue elle-même que M. de Tourmagne savait ou du moins soupçonnait quelque chose. Il a pris mille informations sur Germain, s'est enquis discrètement de son passé, l'a questionné au sujet des fleurs peintes, et enfin lui a recommandé *de ne jamais se laisser proposer aucun mariage*, s'il se voulait marier, *sans l'avoir consulté*. Cela me semble clair. « Et qu'a répondu Germain, chère madame ? — Germain a répondu en riant qu'il avait épousé sa mère, sa sœur et la science, et que c'était assez de femmes pour un chrétien. — Y a-t-il longtemps de cela ? — Il y a quinze jours.—Parlait-il ainsi auparavant ? —Non. Il aurait bien pris une quatrième femme, à moins que je ne me trompe, s'il l'avait trouvée telle que nous la désirons tous. — Ah ! Et parle-t-il de moi, bonne mère? — Jamais. Cependant j'ai cru voir qu'il mettait Jeanne sur votre chapitre assez volontiers. — Mère, s'il m'aimait, que j'aurais de hardiesse et de courage ! — Mon enfant, soyez prudente ; Dieu saura bien faire sa volonté de la façon la plus avantageuse pour notre salut. Prions et soumettons-nous ; voilà l'essentiel.— Oui, ma mère ; je suis résignée à tout. Mais si Germain m'aimait, je serais bien heureuse. Est-il content, lui ? — Je l'ai toujours vu content. Jamais il ne m'a laissé deviner un chagrin dans son âme, qu'au moment où il aurait manqué à la tendresse filiale en continuant de me le cacher. S'il a des peines, je n'en sais rien. Il garde pour lui toute sa douleur, et c'est le seul reproche que j'aie à lui faire. »

En disant ces mots, la digne femme essuyait ses paupières humides. Pour l'égayer, je lui contai la proposition de ma tante au sujet de Florentine, et le grand caractère que j'ai déployé dans cette occasion. « Ah ! me dit-elle, en me serrant la main, je vous aime et je vous bénis avec tout le cœur d'une mère. »

Nous étions arrivées à sa porte ; je la quittai et je m'enfuis, légère comme un oiseau. Qu'elle est bonne ! Et M. de Tourmagne, qu'en dites-

vous ? J'ai des transports de gratitude qu'aucune parole ne peut rendre, pour ce soin de la
Providence à m'entourer toujours de si nobles
et si excellentes âmes. Aïeux, père, mère, parents, amis, tout ce que je ve.., tout ce que je
connais, tout ce qui me touche est bon et parfait.
On dit que la vie est un aride désert ; mais dans
ce désert fleurissent des oasis, et là j'ai mon
heureuse demeure, où n'existe rien que de frais,
d'agréable et de pur. Comment le malheur vien-
drait-il m'atteindre au milieu de ces fleurs, de ce
lait et de ce miel ! Un seul serpent, né Caniac,
s'est glissé dans mon jardin pour empoisonner
mon lait, mais nous le chasserons ; une seule
abeille, la marquise, est armée d'un aiguillon,
mais elle est bonne, et son aiguillon, loin de nous
faire mal, ne piquera que le serpent ; et nous
n'aurons plus rien à faire ensuite, qu'à déchif-
frer paisiblement nos hiéroglyphes en louant le
bon Dieu. Nous sommes deux pour chasser le
serpent et pour apprivoiser l'abeille !

XXVI.

.Ma chère Élise, que je suis triste et que je suis heureuse! Il m'aime et il veut partir! Il m'aime! Il ne me l'a pas dit, mais je le sais. Je l'ai vu jaloux, je l'ai vu désolé, je l'ai vu rassuré, passant du trouble à la joie en quelques heures, à cause de moi, bien à cause de moi. D'ailleurs, je crois qu'il ne faut pas tant de signes et qu'on s'aperçoit de ces choses-là bien vite, surtout de la part des gens qui ne prétendent point vous le montrer, qui commencent par n'en rien savoir, et qui une fois qu'ils s'en aperçoivent entreprennent de le cacher.

Pour être franche, mes premiers soupçons ne datent pas d'hier. Germain, qui est à son aise avec tout le monde, devenait gauche et embarrassé lorsqu'il m'adressait la parole. Un jour, il me donna le bras pour passer du salon à la salle à manger, et cette simple action le fit rougir et l'émut si fort, qu'il eut de la peine à se remettre. Un autre jour, en me promenant dans le jardin, où il était avec nous, j'avais assemblé trois ou quatre fleurs, que j'oubliai sur un banc. Elles disparurent. Mais, au bout de quelques instants, Germain ayant tiré de sa poche je ne sais quels papiers que lui demandait M. de Tourmagne, mon bouquet, que je reconnus fort bien, se montra, et notre Maronite de le cacher avec une singulière précipitation. J'ai compris tous ces petits mystères, parce que moi aussi je me déconcerte quand je parle à Germain. Moi aussi je fus toute tremblante le jour qu'il me donna le bras; moi aussi j'ai ramassé, j'ai gardé, je conserve, dans mon tiroir le plus secret, à côté de

ma chère lettre, un brin de réséda qu'il a cueilli.
Mais ce qu'il n'a pas fait, et ce que j'ai eu, moi,
la témérité de faire, ç'a été de le mettre à l'é-
preuve, et d'employer, toutes les fois que je l'ai
vu, quelque ruse pour l'obliger à trahir ses sentiments. J'ai réussi à le rendre bien moins modeste qu'il n'était. Maintenant il parle volontiers de lui, il conte volontiers ses aventures, il
révèle volontiers ses pensées, parce qu'il s'aperçoit instinctivement que j'y prends plaisir, que
j'y songe, et que les délicatesses de son cœur
ont un écho dans le mien. Tout s'adresse à
ma tante ; mais j'y sens je ne sais quoi qui
me vient. Enfin ces indices, depuis hier, sont des
certitudes.

Il avait dîné à la maison ; nous avions un peu
de monde pour la fête de ma tante. D'autres personnes arrivèrent le soir ; Mme R... s'y trouva.
Son merveilleux talent donna l'idée de faire de la
musique ; elle eut le caprice de jouer un quadrille, voilà une sorte de petit bal qui s'impro-
vise. M. de Sauveterre, dont j'avais vu du coin
de l'œil que Germain remarquait déjà les assi-

6

duités, s'élance et m'entraîne. Vous le savez,
j'ai la faiblesse de ne point haïr la danse ; et
d'ailleurs je me trouvais heureuse ; je suis toujours heureuse quand Germain est là.

M. de Sauveterre faisait de l'esprit, selon sa
coutume ; je le persiflais, selon la mienne, et
nous paraissions nous accorder parfaitement,
lorsque tout à coup je vis en face de nous Germain, attentif et troublé. Les yeux attachés sur
M. de Sauveterre et sur moi, il écoutait un vieil
ami de ma tante, émigré plus émigré qu'elle, fort
causeur, et qui certainement parlait de nous. Je
n'eus pas de peine à deviner ce qu'il disait. In-
sensiblement, grâce à ma tante, grâce au vicomte,
suffisamment fat de sa nature, grâce surtout à
M^{mo} de Sauveterre, qui est le génie des affaires
en personne, le vicomte a fini par devenir une
espèce d'aspirant en titre, et l'on peut commencer à dire que je l'épouserai. Sur la physionomie
de Germain, je ne doutai point que ce ne fût là
le thème du bonhomme. Il s'occupait de lui
décrire ma dot et de lui annoncer mon prochain
mariage. Jamais je n'ai contemplé pareille

expression de douleur contenue, combattue et
invincible. Mon pauvre ami s'avouait peut-être
tout à la fois et son affection pour moi et l'impossibilité de penser seulement à m'obtenir. Car
enfin, s'il peut croire qu'il connaît mon âme, il
n'ignore point les sentiments de ma tante sur la
roture, et je l'en ai vu blessé, quoiqu'il estime et
respecte la noblesse par des raisons que l'excellente marquise n'aurait pas trouvées en y réflé-
chissant toute sa vie. Mais je ne pensai qu'à
une chose : c'est qu'il avait certainement, d'un
coup d'œil, apprécié M. de Sauveterre, et que,
me jugeant sensible à ses grâces apprêtées, il
concevrait peut-être pour moi un certain mépris.

Cette appréhension me fit soudain changer de
ton et d'humeur. Je ne m'occupai plus que de
chercher un moyen, n'importe lequel, de recon-
quérir l'estime de M. Darcet. Je ne m'abrite
point, moi, sous les armoiries des Aubecourt et
des Sauveterre ; je ne suis que la petite Rosalie
Corbin, j'ai besoin que M. Darcet me croie
quelques qualités. Je sais qu'il ne m'aimerait pas
parce que je suis riche héritière, et je ne veux

pas qu'il m'aime uniquement parce que je lui parais.jolie ; je veux qu'il m'aime à cause de mon esprit et de mon cœur. Si je ne lui persuade pas qu'il y a quelque noblesse et quelque fierté dans mon âme, je triompherai fort inutilement des projets et des préjugés de ma tante ; il ne voudra pas de moi.

Toute à ma pensée, je laissai le vicomte étaler ses paillettes et multiplier ses jolis mots ; je ne pris plus le soin de répondre. Il se plaignit bientôt, déplorant son malheur. Je lui conseillai brièvement de s'en accommoder. J'admire l'impertinence qu'on peut se donner dans certaines occasions. Le charmant vicomte aurait fait comme ces personnages de comédie qui tirent leur épée pour se percer aux pieds d'une ingrate, que tout tranquillement je lui aurais dit : Percez-vous ! Mais, outre qu'il n'a point d'épée et que cet outil n'est guère à son usage, certes, je suis rassurée. Il ne croira jamais qu'on le méprise, et n'attentera jamais à ses jours, ni par le fer ni par le chagrin. Il ne mourra que de vieillesse, ou, comme son père en donne l'inquiétude, d'indigestion. Pardonnez-moi, ma bien chère, une amertume que je me reproche. Je ne la peux vaincre, quand je songe à cet étourneau qui menace de gâter ma vie, et qui fait si bien qu'il gâte déjà mon cœur. Lui seul y a mis ces sentiments trop durs et que, sans doute, vous condamnez.

Germain ne nous observait plus ; je l'aperçus dans un coin auprès de M. de Tourmagne. Le comte parlait chaudement ; Germain le laissait dire, d'un air calme, ou plutôt obstiné. Uu indéfinissable et douloureux pressentiment s'empara de moi. Je souhaitais ardemment que Germain pût me voir. Il me semblait que, si nous avions échangé seulement un regard, il aurait lu dans mon âme et que la sienne en aurait été soulagée. Mais, comme s'il avait fait un pacte avec ses yeux, il ne leva point la paupière. La contredanse finit, le vicomte me reconduisit à ma place. A peine pouvais-je me soutenir. Je restai ainsi quelques minutes, véritablement atterrée.

Mme de Sauveterre s'en aperçut et me demanda si j'étais souffrante. Cette pauvre Mme de Sauve-

terre m'est odieuse. J'imaginai qu'elle m'épiait,
et je fus indignée de l'intérêt qu'elle prétendait
me témoigner. Combien la passion nous rend
injustes et méchants! Oh! il faut que tout ceci
prenne fin ; car je cesserais de penser et d'agir
en chrétienne. Sans m'inquiéter de ce que pen-
serait M^mo de Sauveterre, et pour lui prouver
que je n'étais pas souffrante, je me levai et j'allai
droit à M. de Tourmagne qui causait encore avec
Germain, ne sachant pas du tout ce que j'allais
faire ni sous quel prétexte je l'aborderais. Leur
entretien les absorbait si parfaitement, qu'ils ne
me virent pas arriver. « C'est une folie, une
vraie folie, » répétait M. de Tourmagne. « Il le
faut, » répondait Germain avec l'accent d'une
triste et inébranlable résolution.

J'étais tout près d'eux. Germain me vit le premier et se leva tout confus; M. de Tourmagne
me regarda d'un air distrait et mécontent.

Vous allez me trouver bien maîtresse de moi-
même ou plutôt bien dissimulée, chère Élise. Il
faut pourtant que je l'avoue : j'eus la force de cacher mes inquiétudes et de m'introduire en sou-

riant. « S'il est, dis-je, question des *Pharaons*,
je suis plus que profane, et je me retire. — Oui,
il est question des *Pharaons*, et puisse le bon
Dieu les confondre pour toutes les sottises qu'ils
font faire aux gens d'esprit ! Voilà M. Darcet qui
veut retourner les voir. Si vous êtes charitable,
Stéphanie, priez pour qu'il retrouve sa raison.
— Je vous en supplie, mademoiselle, dit à son
tour Germain avec un sourire qui me navra ;
plus j'aurai ma raison, plus je me hâterai de
partir. — Mais, monsieur, m'écriai-je, et votre
mère, et votre sœur ! — Grâce aux bontés du ministre, reprit Germain, et aux excellents amis
que j'ai trouvés, ma mère et ma sœur n'ont plus
besoin de moi. Elles se retireront dans un couvent, et elles y seront heureuses. — Heureuses,
monsieur ! lui dis-je, quand vous ne serez plus
là, quand vous habiterez un pays où il y a la
fièvre jaune ? — La fièvre jaune est une vieille
connaissance, continua-t-il, et il y a d'autres
fièvres à Paris auxquelles je suis moins habitué.
J'ai besoin du désert. — Folie ! folie ! répéta
M. de Tourmagne ; et encore, si c'était une folie

de savant... — Mais ce n'est pas autre chose,'
interrompit Germain. — Non, s'écria M. de
Tourmagne, c'est une folie de jeune homme!
Ne comptez pas sur moi pour vous aider à la
faire. Vous n'avez nul besoin d'aller en Égypte.
— Pourvu que je quitte Paris, dit Germain,
tout m'est indifférent. J'ai aussi bien affaire au
Bengale, et je m'arrangerais même d'un tour
du monde. — C'est donc à Paris que vous en
voulez ? lui demandai-je. — Je crois, répondit-il,
que c'est Paris qui m'en veut. Je n'y fais rien
qui vaille, et je tombe dans la misanthropie.
Ainsi, monsieur de Tourmagne, je vous en conjure, voyez demain le ministre. — Tenez pour
certain que je n'en ferai rien, dit M. de Tourmagne, et que je vous contrecarrerai si je le peux.
— Mademoiselle, reprit Germain, j'invoque
votre crédit auprès de M. le comte ; sollicitez-le
pour moi. — Non, certes ! m'écriai-je ; comment Mme Darcet pourrait-elle me le pardonner?

. En ce moment on forma une nouvelle contredanse. Personne ne m'avait invitée, et il fallait
quelqu'un pour compléter un quadrille. Je cher-

chai des yeux un danseur et une danseuse. N'en
apercevant pas, j'offre la main à Germain stu-
péfait, et je l'entraîne à la place vide, le priant,
le plus gaiement que je pus, d'excuser la nécessité. — Dans tout Paris, me dit-il, vous n'auriez
pas découvert plus indigne danseur. — Et je
ne doute point, ajoutai-je, que cet accident ne
vous fasse désirer plus vivement de nous quitter. — Je répondrais oui, dit-il, si je pouvais expliquer ma pensée. — Expliquez-la, monsieur.—
Permettez-moi de n'en rien faire, mademoiselle;
ce serait une dissertation. — Du reste, poursuivis-je, il me paraît très-naturel qu'on haïsse le
monde.— Mais, répondit Germain, je ne le hais
point. Seulement les choses n'y sont pas telles
que je voudrais les voir, et comme je n'y peux
rien, je m'éloigne d'un spectacle dont j'ai la faiblesse de m'affliger. — Et vous vous éloignez
sans regret? dis-je. — Non, reprit-il, je m'éloigne sans dépit. C'est peut-être moi qui ai tort,
et le monde qui a raison. Nous ne jugeons pas
de la même manière, voilà tout. »

Nous ne prononcions pas le nom de M. de

Sauveterre, mais la figure et le faux brillant du
vicomte étaient au fond de cet entretien, et nous
le sentions tous deux. Je poursuivis, poussant
toujours Germain, qui cherchait toujours à m'é-
chapper, quoique peut-être cet acharnement ne
lui déplût point.

« En quoi différez-vous avec le monde ? lui
dis-je. — En quantité de choses, répondit-il. —
Je voudrais bien les connaître. — Je me garderai
bien d'en faire le compte, Mademoiselle. Je ne
veux pas, quand je vais partir, vous laisser une
mauvaise opinion de mon goût, et je craindrais
que mes répugnances ne blessassent vos sympathies. — C'est-à-dire que vous croyez connaître
mes sympathies... Eh bien, vous vous trompez,
monsieur ; et moi, qui connais vos répugnances,
je vous assure qu'elles ne me blessent aucunement. »

« Non ! continuai-je, tandis qu'il me regardait fort étonné, je n'ai aucun goût pour ce
clinquant applaudi qui offense votre raison, je
ne me plais nullement à ces frivolités qu'on admire, je ne suis pas un instant éblouie ni char-

mée par ce babil qui semble triompher partout, et la patience que je veux montrer quand tout cela passe sous mes yeux, vient moins encore peut-être d'une soumission nécessaire aux lois du monde, que du secret mépris que j'en fais.— Vraiment ! s'écria Germain. Ah ! je suis heureux de vous l'entendre dire, et oserai-je ajouter que je l'avais quelquefois soupçonné? Mais vous êtes seule peut-être ici à penser de la sorte.— Eh bien, dis-je fièrement, n'est-ce pas quelque chose ? — C'est tout, murmura Germain ; ce serait tout... »

Je feignis de ne l'avoir point entendu, et je continuai. « Mais je ne suis pas seule; et sans nommer M. de Tourmagne, que vous n'accuserez point de méconnaître le vrai mérite, beaucoup de personnes, parmi celles qui nous entourent, ma tante la première, si on les consultait sérieusement, diraient comme moi qu'elles ne se trompent guère au vain éclat qui les amuse. Leur esprit lui accorde un sourire, quelquefois un sourire de compassion ; elles réservent leur estime, leur sympathie, leur cœur, au mérite réel.

Le monde n'est pas si fou que vous pensez.—Et
moi, reprit Germain, je ne le pense pas si fou
que vous croyez. Le faux esprit, dont je veux
admettre qu'il fait peu de cas, est comme la
mousse qui pousse sur les rochers. Il y a sous
cette mousse des choses solides, ce qu'on appelle
un nom, une position ; que sais-je ? C'est à cela
que le monde accorde son estime, et de puis-
santes raisons l'y autorisent. En somme, il peut
croire qu'on bâtit un avenir sur un vieux nom
mal porté, comme on bâtit un château fort sur
un rocher stérile. — Oui, répliquai-je ; mais ne
lui attribuez pas la simplicité de prendre le
roseau pour un bâton, et de voir un rocher où il
n'y a qu'un vieil amas de poussière. Aucune pré-
vention ne fait fi de la terre qui porte des arbres,
et des arbres qui donnent des fruits. — Mademoiselle, me dit Germain, vous êtes plus indul-
gente que moi, et par conséquent vous êtes plus
sage. En vous écoutant, je sens que j'ai tort.
Mais que vous dirai-je ? Mon âme est pleine
d'ennuis et d'inquiétudes, et ne veut pas être
rassurée. Que ce soit la faute du monde ou la

mienne, c'est dans le monde que j'ai contracté ce
malaise inconnu. Il importe que je m'en déli-
vre, voilà ma dernière raison, et elle est invincible. Je me suis fourvoyé : la place d'un pauvre
ouvrier comme moi n'est pas au milieu de vos
splendeurs. J'y ressens des alarmes dont je
rougis. Dans la solitude des forêts, au fond des
déserts, j'ai entendu souvent, la nuit, les lions
rugir autour de mon bivouac. J'étais presque
seul, sans défense ; je ne savais pas si je reverrais
ma mère, si seulement je reverrais le jour ; et je
n'ai pas éprouvé les frémissements avec lesquels
j'écoutais tout à l'heure ce piano qui nous fait
danser. Je n'avais jamais rencontré un obstacle
qui m'arrêtât : les obstacles sont sans nombre
ici ; ils me font, à chaque pas, sentir le ridicule
de mon ambition et l'immensité de mon impuis-
sance. Je n'avais jamais envié le sort d'aucun
homme : il y en a maintenant que j'envie et je
murmure contre le sort, pourtant meilleur, que
Dieu m'a fait. Je perds la raison ; il faut que je
m'en aille. Le ciel d'Orient n'a pas pour moi
les souffles funestes qui passent dans cet air

embaumé. Il me rendra le calme nécessaire à l'étude, et désormais plus sage que je n'ai su. l'être, j'éviterai de compromettre ce que j'aurai pu ressaisir. Ainsi, mademoiselle, je vous dis donc adieu. Je pars avec le chagrin de vous avoir découvert ma folie, mais j'ai la joie d'emporter votre image. Souvent, loin de ces spectacles où mon âme s'est troublée si déplorablement, je me souviendrai que vous êtes heureuse, et que votre bonheur est l'œuvre de la raison unie à la piété. A cause de ce souvenir, je pardonnerai au monde tout le mal qu'il m'a fait. »

Il se tut, et je répondis à ma pensée, plus qu'à ses paroles. « Hélas ! lui dis-je, qui connaît sa destinée ? La main qui vous rendra la paix peut aussi me la ravir. On est plus heureux souvent du bonheur qu'on espère que du bonheur qu'on a. Je compte sur Dieu. Lorsqu'il ne juge plus à propos d'entretenir l'espérance, il envoie la résignation. C'est un secours que je le prie d'accorder à votre mère. — Ah ! s'écria Germain, voilà mon tourment ! Ma pauvre mère sera bien à plaindre. Mais je ne puis rester. Son cœur

serait encore plus déchiré peut-être si je restais.
J'ose vous demander de prier pour elle... et pour
moi !...... »

Je le regardai en face, ayant peine à contenir
mon cœur, et laissant au moins parler mes yeux.
« Je sais, lui dis-je, ce qui se passe dans votre
âme, et néanmoins je prierai Dieu que vous res-
tiez. Vous resterez, si mes conseils ont quelque
prix pour vous. »

C'était aller bien loin ; mais il ne faut pas
qu'un coup de tête lui fasse prendre la poste
avant de m'avoir vue encore une fois ! Il fut si
confondu de ce regard, de cette parole, de cet
accent, qu'il ne sut que répondre. Je le reverrai,
j'en suis sûre. Que ferai-je alors ! Je ne sais.
Puisqu'il m'aime, je ne veux pas qu'il parte ;
voilà ce que je sais bien.

Non, il ne s'éloignera pas. Dieu n'infligera pas
cette épreuve à sa mère. Ou Germain recevra la
force de combattre autrement que par la fuite,
dût-il mourir, ou quelque événement imprévu
nous réunira. Sans doute sa volonté est forte ;
ce qu'il veut faire, il le fait ; mais tant de choses

peuvent arriver ! J'espère ! jamais je n'espérai
tant. Je me sens le courage de tout dire, de tout
oser, de tout entreprendre. Ma volonté le dis-
pute à la sienne. Quelle joie d'assister aux conseils de cette âme généreuse, d'entendre la première les conceptions de ce ferme esprit, de
s'appuyer à ce bras valeureux ! Oh ! quand je
pourrai dire à Mme Darcet : Il voulait vous
quitter à cause de moi ; c'était mon devoir de le
retenir, j'ai eu du courage et je l'ai retenu ! ·

Adieu, bonne et chère Élise. Avant de terminer cette lettre, je veux vous dire dans quelles
pensées je la finis, et je vais m'endormir. Tout
à l'heure, ayant besoin de calmer ma tête embra-
sée, j'ai ouvert cette petite fenêtre de mon boudoir qui donne sur les jardins. C'est là qu'un
soir nous avons si longtemps, si tendrement,
parlé de votre mariage. J'ai contemplé la beauté
d'un ciel plein d'étoiles, et respiré la fraîcheur
d'un air chargé de parfums. Quel repos ! Je
m'étonnai des agitations de mon cœur en présence de cette nature paisible, et il me sembla
d'abord que tous mes tourments n'étaient qu'un

rêve. Puis je pensai que ce rêve, cependant, m'arrache de cruelles larmes et qu'il pourra durer longtemps. Je verrai bien des fois, peut-être, ces tilleuls perdre leurs fleurs et refleurir, avant que mon âme, attristée pour jamais, ait retrouvé non pas ses espérances perdues sans retour, mais seulement le dernier et froid asile des naufragés de la vie, la paix, ou plutôt l'accoutumance dans les douleurs. Jusque-là, ni ces splendeurs du ciel, ni ces beautés et ces parfums de la terre, ni rien de ce qui est doux et charmant dans le monde ne me saurait assez consoler. Est-ce donc que Dieu nous condamne à des chagrins éternels? Oh! non, je ne fais point ce blasphème! Je crois, au contraire, que la bonne Providence, n'ayant rien mis en toutes ces merveilles d'assez puissant pour guérir un cœur blessé, a voulu elle-même se charger de ce soin qui ne regarde pas les étrangers, en effet, mais la mère. Et c'est pourquoi je me sens forte, en face de tout ce que je redoute. Je ferai mon devoir, Dieu remplira ses desseins, et je ne serai pas abandonnée. Sur les ruines de tous mes chers projets, j'atten-

drai avec une confiance ferme cet appui divin
qui ne manque à aucune infortune ; je sourirai
comme j'ai vu sourire mon père mourant. Je
suis d'une race où l'on n'apostasie point dans le
malheur.

XXVII.

Je me recommande à vos prières, ma bonne Élise. J'approche du moment décisif, et mon courage que je croyais, il y a quelques jours, si fort, diminue à mesure que j'en ai plus besoin. Depuis ma dernière lettre, je n'ai vu ni Germain ni Mme Darcet, et Jeanne ignore tout ; mais voici l'entretien que j'ai eu tout à l'heure avec M. de Tourmagne.

« Ma chère Stéphanie, m'a-t-il dit, je dois vous avertir d'une chose peut-être importante. Les

Sauveterre, que vous ne paraissez pas aimer beaucoup, deviennent plus dangereux que je n'aurais pu le supposer. Sachez que la comtesse a fini par s'introduire auprès de Mme la Dauphine. Elle est parvenue à capter la faveur de cette bonne princesse, et je la crois assez habile pour l'intéresser à ses projets.—Est-il possible! m'écriai-je.—Mes renseignements, reprit M. de Tourmagne, ne sont que trop sûrs. Attendez d'un moment à l'autre, quelque grosse attaque de ce côté. Tant que M. de Sauveterre n'aura pour lui que sa mère, votre tante et lui-même, ce sera un jeu de l'éconduire. Mais si Son Altesse Royale, prenant à part Mme d'Aubecourt, lui dit que vous devez épouser le vicomte, Mme d'Aubecourt ne résistera point, et elle exigera que vous obéissiez. — Monsieur le comte, dis-je avec fermeté, on ne me connaît pas : jamais je n'obéirai, j'aimerais mieux mourir. — Je le crois, reprit M. de Tourmagne ; mais le mieux serait de ne point obéir et de ne pas mourir. Et il serait bien aussi de ne point désoler Mme d'Aubecourt, qui vous aime beaucoup, en la forçant

de donner à Son Altesse des explications péni-
bles. N'y a-t-il pas un moyen de tout arranger
ou de tout prévenir sans bruit ? — Je n'en connais aucun, dis-je, entièrement déconcertée par
l'approche de ce nouveau péril. — Bah ! reprit
M. de Tourmagne, cherchez bien ; et d'abord ne
pleurez pas. Voyons : si, par exemple, un peu
sournoisement, mais non sans réflexion et sans
motifs, vous aviez fait un choix digne de vous,
et que Mme d'Aubecourt, lors de sa première
visite aux Tuileries, pût annoncer votre prochain
mariage avec quelqu'un qui ne serait pas le
vicomte, croyez-vous qu'on lui parlerait du
vicomte ? Assurément il n'en serait pas question. »

Jugez, chère Élise, de ma faiblesse et de ma
timidité. M. de Tourmagne me mettait, certes, à
l'aise, et provoquait assez clairement mes confidences. Eh bien, je n'osai pas lui parler de Germain, de Germain qu'il connaît, qu'il apprécie,
qu'il place si haut, qu'il veut servir ! Comment
donc oserai-je parler à ma tante !

« Dès que Mme d'Aubecourt, poursuivit M. de

Tourmagne, serait bien avertie de l'état de votre
cœur, quelque ami qu'elle ne manquerait pas de
consulter lui ferait comprendre au besoin vos
raisons, l'impossibilité de vous contraindre, la
nécessité d'avoir une réponse toute prête à donner si le vicomte lui était présenté. On parvien-
drait même à lui démontrer que les Sauveterre
auraient dû se dispenser d'aller chercher si haut
leurs appuis et ne point vous faire enlever par
autorité royale. Je me chargerais de l'éclairer
sur ce point.— Mais, dis-je, monsieur le comte,
ne pourriez-vous pas aussi l'éclairer sur les
autres ? — Non, dit le comte ; outre que je ne
veux ni ne dois rien savoir avant Mᵐᵉ d'Aubecourt, il convient que la glace soit brisée par
vous. Peut-être avez-vous à dire des choses qui
doivent rester en famille.... D'ailleurs je n'aurais pas votre éloquence. Allons, mon enfant, du
courage ! Demandez-vous si votre mère vous
approuverait, et faites hardiment tout ce qu'elle
pourrait autoriser. Soyez surtout convaincue
qu'elle ne vous aurait jamais donnée au vicomte
de Sauveterre. J'ai beaucoup entendu parler de

votre mère *par quelqu'un qui l'a bien connue*.
C'était une généreuse et sainte femme, et je
crois qu'elle prie pour vous en ce moment.
— O monsieur le comte, m'écriai-je, soyez
béni pour tout ce que vous dites là ! — Mon
enfant, répondit-il avec un accent de bonté que
je n'oublierai jamais, vous êtes digne d'être
heureuse et vous le serez, et votre bonheur deviendra la dernière et la plus grande joie de
ma vie...

« Mais parlons d'autre chose, ajouta-t-il brusquement, ceci est réglé ; vous en causerez avec
votre tante, aujourd'hui s'il est possible, demain
au plus tard. Savez-vous que je suis fort in-
quiet pour mon propre compte ? Darcet, que
j'aime comme s'il était mon fils, s'obstine dans
la folie de faire un nouveau voyage. Il veut aller
découvrir Ninive. C'est un beau projet, quoique
inopportun. Il a déjà sollicité du ministre une
mission pour les pays bibliques. Je ne sais comment le retenir. — Mais il ne part pas encore ?
dis-je en tremblant. — Mon Dieu, reprit le comte,
dans quinze jours il aura gagné quelque port de

mer. Cependant je ne désespère pas de le garder
à Paris, où je voudrais l'embarquer pour d'autres
recherches, dont je ne lui dis rien, et qui seront
plus heureuses. Mon espérance, c'est qu'il a
comme vous, dans le ciel, la protection spéciale
d'une sainte, d'une vraie sainte que j'invoque
pour ma part avec grande confiance à son sujet.
Tel que vous le voyez, il est parent et filleul de
Mlle Joyant. — Quoi ! m'écriai-je, Mlle Joyant
de Laval ? — Précisément. J'ai appris hier, par
hasard, cette circonstance. Vous n'ignorez pas
les grands services que Mlle Joyant a rendus à
votre famille. Rappelez-vous cela, si jamais il
faut attirer sur mon ami Germain les bonnes
grâces de Mme d'Aubecourt. »

L'excellent comte, après m'avoir ainsi munie
d'un nouvel argument dont je crois pouvoir en
effet tirer bon parti, me laissa, et je vous écris,
chère Élise, en attendant que ma tante, sortie
depuis ce matin, soit rentrée. Je veux lui demander tout de suite un entretien. Alors il faudra bien que je parle ; car je n'ai plus le temps
de laisser venir une occasion favorable. Et d'ail-

leurs, jusqu'ici, je le vois maintenant, je n'ai guetté l'occasion que pour la fuir. C'est à présent qu'il faut livrer le combat.

Voici ma tante, j'entends sa voiture. Ah ! si vous saviez quelle terreur immense j'ai dans l'âme !

XXVIII.

Tout accablée encore des émotions par où je viens de passer, je vous écris, chère Élise, la suite et la fin précipitée de mon histoire.

Je fis une fervente prière, et j'allai trouver ma tante, d'un pas assez ferme, mais avec un visage fort troublé. Je vis, en entrant, qu'elle était de mauvaise humeur, ce qui ne me rassura guère. « Bon Dieu ! Stéphanie, me dit-elle tout de suite, quelle figure ! Es-tu malade ? — Moi, ma tante ! Je n'ai rien... j'ai un peu de migraine... — Voici beaucoup de migraines depuis quelque temps. Il faut te défaire de cela. On te voit triste, distraite, rêveuse ; on te croirait la créature la plus infortunée de Paris. Ces airs-là ne conviennent pas à une jeune personne. »

J'avais bonne envie de pleurer ; je me contins. Mme d'Aubecourt n'aime pas qu'on pleure lorsqu'elle gronde. « Ma bonne tante, dis-je en faisant effort, pardonnez-moi et daignez m'entendre. Je voudrais... »

On annonça le vicomte de Sauveterre. Pour la première fois depuis longtemps, je lui sus gré de sa visite. Il entra sans presque toucher le parquet, frais et souriant comme l'aurore, habillé des plus tendres couleurs, épinglé, serré, parfumé, content de vivre, faisant valoir ses dents, son habit, sa taille. Il alla baiser la main de ma tante, me fit un salut galant et leste, et se posa de cet air qui dit : « C'est moi ; je suis joli, j'ai bien fait de naître ; voyez, contentez vos yeux ! »

Ma tante le reçut avec complaisance. Il apportait, suivant l'usage, cent nouvelles, qu'il se mit à défiler en les accompagnant d'éclats de rire, d'épigrammes, de gentilles grimaces, de tous ses agréments. Bientôt Mme d'Aubecourt oublia sa mauvaise humeur. Je ne m'en réjouis point. J'aurais préféré qu'elle restât fâchée, et que, continuant de me brusquer, elle donnât aussi au vicomte quelque bon coup. Mais il ne dit pas un mot qui pût la choquer, et tout au contraire, en la divertissant, il la flattait. Quand il n'est que fat, le vicomte me déplaît ; quand il se montre habile, je le trouve odieux. Il fut habile. Ne s'avisa-t-il point de dire que Mme la Dauphine se plaignait d'être, depuis quelque temps, négligée de Mme d'Aubecourt ! Ma tante agréa cette invention ; car, en cultivant assidûment sa faveur, elle veut paraître n'y attacher aucun prix. Que ces Sauveterre la connaissent effroyablement bien ! Elle devint plus aimable encore pour le vicomte : « Ah çà ! lui dit-elle, votre père prononcera-t-il bientôt son premier discours à la Chambre ? — Dès que je l'aurai fait, répondit-il. — Bon ! s'écria ma tante. Mais de quoi parlerez-vous ? — J'aurais, reprit le

vicomte, d'excellentes considérations à présenter
contre la forme actuelle des chapeaux, que je
trouve affreuse ; mais mon père veut parler des
Finances. — A merveille ! dit ma tante, riant
à gorge déployée. Et comment vous en tire-
rez-vous? — Parfaitement, continua le vicomte,
Le discours serait fait, sans une partie de chasse
qui m'a dérangé. Je vous assure que mon père a
de très-bonnes choses à dire. L'Opposition
affirme que deux et deux font trois, tout au
plus ; nous lui prouverons que deux et deux
font cinq, tout au moins. »

Au moyen de ce caquetage, le vicomte faisait
fort bien comprendre à ma tante qu'il n'est plus
jacobin et qu'il s'occupe d'affaires sérieuses. Il
n'en fallait pas davantage. Pour moi, je me
sentais de plus en plus gagner par le dépit et
par les larmes. J'entendis venir quelqu'un ; je
désirais ardemment voir paraître M. de Tourmagne. Ce fut Germain qui se présenta.

Quel contraste entre lui et le vicomte ! Il me
sembla que je n'avais pas remarqué encore
combien sont différents ces deux hommes que

6···

la Providence réunissait ainsi sous mes yeux, me donnant une dernière occasion de les comparer et de choisir. Quoique à peu près de même taille, on dirait que Germain a toute la tête de plus. Avec son front hâlé par tant de soleils, son air grave et ses paroles paisibles qui tombent à propos comme des fruits mûrs, Germain paraît cependant le plus jeune. Il y a je ne sais quoi de déjà caduc dans la frivolité fleurie du vicomte. C'est la plante de serre chaude à côté de l'arbre de plein air, ou, si vous l'aimez mieux, c'est l'épagneul à côté du fier lion. Ah ! beau vicomte, beau chasseur de lièvres, s'il vous fallait, déjà blessé d'un coup de sabre, courir après une pauvre fille que deux Druses bien armés emportent dans leur repaire, combien vous auriez peu de tournure ! Le tranquille Germain est plein d'enthousiasme, le pétulant vicomte n'a dans l'âme que des railleries. Vous le voyez s'élancer à la poursuite du papillon qui passe : il gambade, il pétille, il est souple et charmant : Germain ne bouge. Mais voici une grande idée qui se présente, une noble histoire qu'on raconte ;

voici qu'il est question de la religion, ou de la politique, ou des arts, ou des pauvres : Germain commence à parler, une généreuse chaleur lui monte au visage, il grandit, ses yeux étincellent, sa voix, cette voix si calme, éprouve bientôt un léger tremblement qui émeut chacun. Le vicomte se tait, ne comprend pas, s'ennuie : cela se voit dans ses yeux, qui deviennent de verre, et sur son front, qui se plisse laidement. Asseyez-vous, vicomte ; faites un somme. Non ; il a besoin qu'on s'occupe de lui : il frétille, il jappe ; il se tient enfin content si, par quelque plaisanterie saugrenue, il est venu à bout d'obtenir un sourire dont tout le monde lui sait mauvais gré.

Germain est du très-petit nombre des « hommes de rien » à qui ma tante ne témoigne ni trop de bonté ni trop de hauteur, et qu'elle reçoit comme s'ils étaient quelque chose. Son seul aspect le défend de toutes les impertinences. Le vicomte l'accabla de politesses. Sa future Seigneurie ne daigne pas rendre à monsieur Darcet l'honneur qu'il lui fait, d'être jaloux d'elle.

Si j'avais ignoré les secrets tourments du cœur de Germain, son visage ne me les aurait pas laissé deviner. A peine mes yeux mêmes parvinrent-ils à démêler quelque sentiment triste dans le regard qu'il jeta sur ma tante, sur le vicomte et sur moi. « Son sacrifice est accompli, pensai-je aussitôt ; il va partir ! »

En effet, ma tante lui ayant demandé où en étaient ses projets de voyage, il répondit qu'il venait prendre congé. Je m'attendais à cette parole, elle ne me fit pas perdre contenance. Seulement, je regardai Germain avec une vive expression de reproche et de douleur. Il avait baissé la tête, et je ne tardai pas à me convaincre qu'il évitait de me voir. Si vous saviez à quel point je fus touchée de cette précaution qu'était forcé de s'imposer ce grand courage ! Quant à se douter de ce qui se passait dans mon âme, il en était à cent lieues, malgré tout ce que je lui avais laissé entrevoir deux jours auparavant. Il n'a pas fait son étude de lire dans le cœur des femmes. « Ah ! me dis-je, si jamais je puis lui apprendre que je l'aime, quel sera son étonnement ! »

Le vicomte lui ayant demandé où il voulait
aller : « Je retourne, dit-il, en Orient, et je
pénétrerai le plus loin possible. — Que demandez-vous donc, dit encore le vicomte, à ces
pays sauvages? — Beaucoup de choses dont
j'ai grand besoin, répondit Germain avec douceur. — Je m'étonne toujours, s'écria le vicomte,
qu'on puisse avoir besoin d'une chose qui ne se
trouve pas à Paris. Fouillez un peu, je gage
que vous y trouverez même la peste. — Ou du
moins quelque chose d'analogue, reprit Germain : mais ce n'est pas précisément la peste
qu'il me faut. Le ciel d'Orient est beau, la terre
est instructive. Ce sont des contrées que j'aime
et qui ne me paraissent pas si sauvages. J'y ai
passé des jours fort paisibles, fréquentant de
bonnes gens, interrogeant des pierres qui en
savent plus que tous les livres du monde. —
Cela ne vous tente-t-il point, vicomte? dit la
marquise. — Non, madame, répondit galam-
ment le vicomte ; mes beaux jours et mon bonheur sont ici. Je ne vois rien de plus attrayant
et de plus instructif que le commerce du monde,

le bruit des affaires, le charme des arts. A moins qu'on ne veuille un jour m'envoyer en ambassade, je ne m'éloignerai jamais beaucoup des quais et de l'Opéra. — Nos vocations sont diverses, remarqua Germain, et nous y sommes tous deux fidèles : la tente voyage, le château demeure. — Je pense, dit Mme d'Aubecourt que la tente, lorsqu'elle a souvent voyagé, devrait se changer en maison. Voyons, monsieur Darcet, franchement, est-ce qu'une bonne maison bien tranquille, convenablement garnie de vieux volumes, une épouse aimable, de jolis enfants ne vous paraîtraient pas préférables au plus beau ciel et aux plus savantes pierres de l'Asie ? Des pierres qui font un enclos au bonheur, ne valent-elles pas des pierres qui font une prison à la science ? »

Germain fut pris au dépourvu, et moi aussi, par ce petit tableau. « Madame, dit-il avec un peu d'émotion, je suis voyageur. Sur la route, il n'y a que l'auberge d'ouverte pour moi. J'avoue que parfois, en regardant ceux qui me voyaient passer, tranquillement assis à leur seuil entouré d'enfants, j'ai désiré de m'arrêter aussi.

Dieu ne l'a point voulu ; j'ai poursuivi mon chemin, non peut-être sans quelque murmure. Mais
nul homme ne pensera longtemps que le bonheur se trouvait où il a cru le voir. Nos désirs
nous trompent, et nos murmures sont ingrats.
— Ah ! par exemple ! s'écria le vicomte, par
exemple !... »

Il n'ajouta rien. Pur besoin de parler.

Tout entier à d'intimes pensées qui avaient
besoin de se faire jour, Germain continua :

« J'ai eu pour marraine une pieuse personne,
ma parente, dont la vie s'est écoulée dans les
plus terribles épreuves : elle disait n'avoir
jamais vu les événements, quels qu'ils fussent,
se tromper sur le véritable intérêt d'une âme
chrétienne. Je crois cela. »

Lorsque j'entendis Germain parler de sa marraine, je crus tout gagné. « Monsieur, lui dis-je,
me hâtant d'intervenir, cette maxime est admirable, je veux la conserver. Dites-moi, je vous
prie, le nom de votre marraine ? — Elle a laissé
dans nos pays, me répondit-il, la réputation
d'une sainte : c'était Mlle Joyant. »

J'avais imaginé que le nom de M^llo Joyant
ferait des miracles ; je m'attendais à voir ma
tante prodiguer au filleul de sa libératrice les
plus vifs témoignages d'amitié. Hélas ! elle resta
immobile ! La présence du vicomte glaça son
cœur. La marquise d'Aubecourt n'osa pas montrer la fille du vieux Corbin, et ma ruse n'obtint
d'elle qu'un regard fâché qui me fit mal. « O
mon Dieu, pensai-je avec une angoisse inexprimable, comment espérer d'attendrir jamais
l'orgueil qui résiste à ce souvenir ! »

Cependant, depuis deux bonnes minutes, le
vicomte n'avait pas ouvert la bouche : il voulait
rentrer en scène. Après avoir dit plusieurs
choses agréables, il finit par prier Germain de
lui expédier un beau costume de janissaire ;
puis il me conseilla de me procurer, par la
même occasion, un habit de femme grecque,
avec quoi je ne manquerais pas d'éblouir tout
le monde au premier bal paré où je me montre-
rais. Je le remerciai le plus séchement possible,
lui disant que je ne me déguisais pas. Il me fit
une courbette, et répondit par une fadeur que

je renvoyai plus durement. Mais rien ne le
déconcerte.

Mᵐᵉ d'Aubecourt ne manqua pas de se jeter
à la traverse, comme elle fait toujours, lorsqu'elle voit que le vicomte s'attire des rebuf-
fades. « Savez-vous, Monsieur, dit-elle à Germain, que vous me paraissez plus résigné que
content ? Sérieusement, je m'étonne que vous
entrepreniez ce nouveau voyage. — Il est très-
vrai, Madame, répondit Germain, que c'est un
effort de raison qui me fait partir. Je croyais
mes courses finies, et je m'en vais, cette fois,
parce que je ne puis rester. — A la bonne
heure, interrompit le vicomte : si vous quittez
Paris, du moins vos regrets le vengent. — Je
crains, Monsieur, répondit Germain en souriant, que vous ne me fassiez trop d'honneur.
La plupart des choses que je regrette vous
paraîtraient probablement peu dignes d'estime.
Je ne regrette ni les quais, ni l'Opéra, ni les
affaires, mais seulement ma lampe et le coin
de mon feu. J'aurais pu vivre là si heureux,
entre ma mère et ma sœur !... — En effet,

7

interrompit ma tante, je ne songeais pas à ces dames. Comment prennent-elles votre départ ? »

Germain changea de visage. Son courage, qui faiblissait depuis quelques instants, parut l'abandonner tout à fait. « Madame, dit-il avec un accent dont le vicomte seul pouvait n'être pas touché, je n'ai pas encore osé leur annoncer que je m'en vais. Puisque je me décide à leur causer un chagrin qui m'épouvante à ce degré, jugez vous-même combien il faut que j'aie besoin de partir. »

Ces simples paroles me déchirèrent l'âme ; je sentis que je n'y tenais plus, que je me trahissais ; et je me levai, les yeux déjà tout obscurcis, pour aller pleurer tout à mon aise dans mon appartement. Ni Germain, ni le vicomte, ne remarquèrent mon trouble ; mais ma tante s'en aperçut, et je saisis au passage, en me retirant, un regard qui ne servit pas médiocrement à augmenter mes alarmes. J'étais accablée de désespoir, de terreur et de remords. Comment fléchir Mme d'Aubecourt ? Comment me pardonner jamais à moi-même ce départ ? Que

répondrais-je à ma tante ? Que dirais-je à
Mme Darcet ? Et tout le bonheur que j'avais
rêvé, qu'était-il devenu ? Aucune lueur d'espérance, aucun arrangement, ne se présentaient
à mon esprit ; je ne me trouvais plus ni courage
ni résignation. Quelle terrible chose de se
sentir désarmée, ruinée, impuissante, et par-
dessus tout coupable, dans un désastre où
d'autres, à cause de nous, sort frappés comme
nous, plus peut-être que nous ! « O malheureuse ! me répétais-je au milieu de mes san-
glots, pourquoi n'avoir pas tout dit dès le
premier moment ? pourquoi me suis-je engagée
dans ces détours ? pourquoi ai-je voulu me faire
aimer ? Dieu me punit de toutes mes ruses ; il
me refuse un bonheur que j'ai voulu m'assurer
par moi-même, quand je n'étais pas seulement
digne de le désirer ! »

Je restai près d'une demi-heure dans ce délire,
la tête cachée sous mes coussins pour qu'on ne
m'entendît pas pleurer. Tout à coup je sentis
que quelqu'un était près de moi ; je me dressai
en tressaillant, et je restai comme terrifiée en

me trouvant face à face avec ma tante, qui me regardait d'un œil sévère.

Pauvre bonne tante, que je l'ai mal jugée ! Sa sévérité ne dura pas longtemps. Me voyant dans cet état, la pitié l'emporta tout de suite. Elle me fit asseoir près d'elle, me prit la main, et en deux mots débrouilla tout mon avenir, qu'une seule parole un peu dure aurait pu livrer à d'éternels orages.

« Stéphanie, me dit-elle, sois confiante ! »

Oh ! je ne me fis pas prier. Pleurant, l'embrassant, souriant quelquefois, heureuse de jeter hors de mon cœur le fardeau de mes secrets trop longtemps gardés, je lui contai tout, notre misère, les bienfaits de Germain, mes recherches, la lettre écrite de Naples, la visite chez Mᵐᵉ Darcet, toutes mes ruses, tout mon amour. J'eus souvent, dans le cours de ce récit, la joie de l'émouvoir et de l'attendrir jusqu'aux larmes. Visiblement Germain prenait une bonne place dans son cœur. Du reste, elle ne fit pas une question, ne demanda pas un éclaircissement. Elle comprit d'elle même, à peu près,

pourquoi j'avais tant redouté de la mettre dans
ma confidence, et c'est un point qu'il n'était pas
nécessaire d'éclaircir davantage entre nous.
Enfin, certains indices me firent espérer que
Corbin, salutairement humilié de s'être laissé
vaincre par d'Aubecourt à propos de Mlle Joyant,
saurait généreusement se venger. Mais je ne
voulus rien solliciter de trop difficile. « Maintenant, ma bonne tante, lui dis-je en finissant,
vous savez tout ; je vous supplie de pardonner
tout, et de croire que vous pouvez tout. Je ne
désire obtenir de vous qu'une seule grâce :
n'exigez point que j'épouse M. de Sauveterre...
— Tu es une folle, interrompit-elle en m'embrassant ; baigne d'eau fraîche ces yeux rouges
qui font mal à voir, repose-toi, et ne te trompe
plus sur le cœur de ta mère. »

Elle me quitta ; je ne la revis qu'au dîner,
où il ne fut question de rien, mais qui se passa
le plus gaiement du monde. M. de Tourmagne y
était seul avec nous ; sa présence m'en disait
assez, et d'ailleurs sa bonne figure exprimait une
joie si pleine et si franche que je ne pouvais me

tromper sur l'heureuse situation de mes affaires,
Ma tante aussi se montrait joyeuse et affairée,
Quant à moi, sans rien soupçonner, sans chercher à rien prévoir, j'avais l'âme inondée d'un
sentiment si pur et si profond, que je me sentais
sur le point de pleurer, et que cent fois je voulus
me lever de table, non plus pour aller me cacher
chez moi, mais pour embrasser ma bonne tante.
Nous revînmes au salon.

A peine y étions-nous, qu'un domestique
s'approcha de ma tante et lui dit deux mots à
l'oreille, en grand mystère. « C'est bon, répondit-elle ; faites comme je vous ai dit. » Et aussitôt, venant à moi, les yeux brillants : « Vite !
vite ! Stéphanie, cache-toi ! — Comment ! ma
tante ? fis-je bien étonnée. — Cache-toi donc,
répéta-t-elle en me serrant les mains et en m'embrassant de tout son cœur. En même temps elle
m'entraînait dans sa chambre à coucher. Au
moment où j'y entrais, on annonça Germain !
Ma tante assure que je la regardai plus ravie
encore qu'étonnée ; je n'ai pas de peine à le
croire. « Ah çà ! me dit-elle un doigt sur la

bouche, pas de bruit ! Je vais le recevoir et lui parler. Je ne te défends pas d'entendre. »

Je collai mes lèvres sur sa main, et elle s'enfuit après m'avoir embrassée encore, agile et gaie, comme vous l'auriez été à sa place. Je ne perdis pas de temps, et je me mis à regarder par la porte entr'ouverte.

« Monsieur Darcet, dit-elle à Germain, je veux sans délai vous entretenir d'une affaire très-importante, dont j'ai déjà parlé à M. de Tourmagne. Il faut que vous sachiez que ma famille vous a de grandes obligations. — A moi, madame ? — A vous-même, et à quelqu'un de vos parents. Premièrement, Mlle Joyant, votre marraine, a généreusement assisté jusqu'au pied de l'échafaud mon père et ma mère, qui sont morts en 1793. Ensuite, avec un dévouement plus courageux encore, elle m'a cachée moi-même et m'a ainsi sauvé la vie. — Madame la marquise est de Laval, observa le comte de Tourmagne. — Mais ceci n'est rien, reprit ma tante, jouissant de la surprise et des regards ébahis de Germain. Ma nièce Stéphanie a décou-

vert qu'avant votre premier voyage, il y a dix
ans, vous avez, vous, Monsieur, aidé une de mes
parentes à sortir de la plus affreuse détresse.
Cette parente, que je ne connaissais pas, était
veuve d'un officier et se nommait Mme Corbin.

— Mme Corbin ! s'écria Germain avec un accent
qui me fit tressaillir dans ma cachette. O madame
la marquise, dites-moi ce qu'est devenue la pauvre petite Rosalie !

— La pauvre petite Rosalie est devenue
grande, continua en souriant ma tante ; vous ne
la reconnaîtriez pas. Nous parlerons d'elle plus
tard ; venons au point important. Après ce que
je viens de dire, vous devez excuser, Monsieur,
l'intérêt sans bornes que nous prenons à tout ce
qui vous touche. Vous projetez en ce moment
de faire un voyage qui désolera votre bonne
mère, qui sera long, périlleux, et par-dessus
tout, si j'en crois M. de Tourmagne, inutile.

— Inutile ! déraisonnable ! insensé ! s'écria
M. de Tourmagne, coupant la parole à Germain,
qui voulait réclamer.

— Laissez-moi dire, monsieur Darcet, reprit

Mme d'Aubecourt ; ensuite vous donnerez vos
raisons. M. de Tourmagne, ma nièce, moi-
même, vous avons résolu d'empêcher ce voyage,
de vous retenir ici, de vous conserver à votre
mère et à votre sœur, et voici comment nous
comptons nous y prendre. Accordez-moi toute
votre attention : c'est une idée que j'avais déjà
eue et qui m'a été suggérée de nouveau, ce
matin, par ma nièce Stéphanie ; car vous
savez que Stéphanie aime beaucoup votre mère
et votre sœur. J'espère bien que mon idée
ne vous déplaira pas. Elle sourit beaucoup à
M. de Tourmagne. N'est-ce pas, cher comte ? —
L'idée est de vous, madame, répondit M. de
Tourmagne d'une voix grave. — Eh bien donc,
cher monsieur Germain, reprit ma tante avec
quelque émotion, il s'agit de vous marier ! »

J'étais près de la porte, les deux mains
appuyées sur mon cœur dont il me semblait que
Germain aurait pu entendre les battements.
Je retenais mon haleine et je versais lentement,
délicieusement, ces bienheureuses larmes qu'on
voudrait ensuite reprendre pour les offrir à Dieu,

qui seul mérite un pareil tribut. Mais au dernier mot de ma tante, je ne fis qu'un bond jusqu'au fond de sa chambre. J'étais comme folle,
comme enivrée. Pendant une ou deux minutes,
la conversation du salon, la voix de ma tante,
celle de M. de Tourmagne, celle même de Germain, n'apportèrent plus à mon oreille que de
vains bruits où je ne comprenais rien. Quand
je me retrouvai un peu, je me mis à genoux sur
le prie-Dieu de Mme d'Aubecourt, au-dessus
duquel je remarquai alors, à la place du riche
et beau christ d'ivoire que j'y avais toujours
admiré, un humble crucifix de bronze, plus
précieux mille fois. Ce crucifix, j'ai dû vous en
parler : après dix ans, mes yeux l'ont reconnu
du premier coup : c'est celui que tenait dans
ses mains mon père expirant ; c'est celui que
Germain, un jour, me fit saluer comme mon
protecteur et celui de ma mère. Aux pieds de
ce crucifix, ma tante, aujourd'hui même, a
généreusement vaincu tous ses préjugés pour
consommer mon bonheur. Je le baisai dans
un transport ineffable de reconnaissance et

d'amour. O ma bonne tante ! O mon bon
Sauveur !

Cependant l'entretien continuait dans le
salon ; je revins à mon poste. Germain se
défendait valeureusement contre ma tante et
contre M. de Tourmagne. Il remerciait beaucoup Mme la marquise : il était très-ému, très-
honoré, plein de la plus vive et de la plus
durable gratitude ; il rougissait de refuser tant
de bontés, et il refusait. Chère Élise, que ce
refus triste et obstiné me charmait !

« Je sais qui je vous offre, poursuivit ma
tante, prolongeant avec délices une situation où
se plaisaient également son cœur et son esprit ;
je vous assure que la jeune personne est gentille, bien élevée. — Une tête un peu vive,
ajouta malicieusement M. de Tourmagne en se
tournant vers la porte ; mais du cœur ; capable
de lire un livre sérieux et de garder un secret !
— Elle mérite mieux que moi, fit Germain. —
Point du tout, reprit ma tante. Je peux même
vous apprendre qu'elle vous a déjà vu, et j'ai
lieu de croire que vous ne déplairiez pas. —

Stéphanie la connaît, poursuivit M. de Tourmagne ; elle répond de l'aveu de Mme Darcet. —
Je rends mille grâces à Mlle Stéphanie, dit Germain avec un tremblement dans la voix ; mais
permettez-moi, madame la marquise, et vous
aussi mon vénérable ami, de vous déclarer que
ma résolution est inébranlable. Je ne veux, je
ne puis me marier. — Monsieur Darcet, reprit
ma tante, je suis si convaincue que ce mariage
fera deux heureux, sans compter les grands
parents, que je n'y renoncerai point, tant que
vous n'aurez pas vu la jeune personne. Elle est
ici ; elle a dîné avec nous, et je vais la chercher.
— Je vous supplie, madame ! s'écria Germain
tout éperdu, n'en faites rien. — Ah ! par
exemple, dit Mme d'Aubecourt, vous ne m'em-
pêcherez pas de voir au moins jusqu'où vous
poussez l'amour des pierres, et si décidément
elles n'auront point de rivales. »

Elle s'était levée, et tandis que M. de Tourmagne retenait son ami, qui, perdant la tête,
voulait presque s'enfuir, elle passa du salon
dans sa chambre, où je l'attendais, moins épou-

vantée que mon pauvre Germain, mais non pas moins émue. Je me jetai dans ses bras, elle m'y pressa en pleurant. Alors je l'attirai jusqu'à son prie-Dieu. Là, sans parler, je lui montrai le crucifix de bronze. « Tu l'as reconnu, me dit-elle à voix basse. — Oh ! oui, lui répondis-je, et je reconnais aussi, dans le même cœur, mon père et ma mère. — Chère enfant, reprit-elle en m'embrassant de nouveau, je ne suis pas moins heureuse que toi. Allons, viens ! ne le faisons pas davantage attendre. »

Mais je sentais mes genoux fléchir ; je ne pus entrer au salon qu'appuyée sur le bras de ma tante. Elle avait comme moi les yeux pleins de larmes, et je souriais comme elle. M. de Tourmagne ne commandait pas mieux à son émotion. Germain, rouge et confus, était si troublé, qu'il ne me reconnut pas. « — Eh bien, lui dit M. de Tourmagne, la voilà. Resterez-vous ? » Il me vit et ne put en croire ses yeux. Il devint pâle, regardant ma tante avec une expression d'incertitude si poignante, qu'elle en fut effrayée,

« — C'est bien elle ! » lui dit Mme d'Aubecourt, presque en sanglotant.

En même temps je m'avançai, chancelante, vers lui. Je pris une de ses mains dans les miennes, et je balbutiai, en allemand : « Quand je serai grande, je serai la femme de Germain. » — Rœschen ! s'écria-t-il, en me serrant dans ses bras. Ah ! mademoiselle, je ne croyais pas vous aimer depuis si longtemps ! »

Rœschen se laissa tomber dans un fauteuil, et serait morte si l'on mourait de bonheur.

« Allons ! allons ! dit ma tante, nous sommes heureux ici comme des égoïstes, et nous ne songeons point aux autres. Mon cher Germain, laissez votre future se remettre un peu de tant d'émotions. Courez chez vous, et ramenez-nous tout de suite votre mère et votre sœur. »

Que Dieu soit béni, ma bonne Élise !

FIN.

Le Mans. — Typ. Ed. Monnoyer.